여자의 말

한국과 한글과 윤동주를 사랑한 이바라기 노리코 시선집

여자의 말

이바라기 노리코

성혜경 옮김

"왜 이리도 늦게 들어왔느냐" 하며
윤동주가 부드럽게 꾸짖는다

—「이웃나라 말의 숲」에서

일러두기
본문에서 하단의 > 는 '단락 공백 기호'로 다음 쪽에서 한 연이 새로 시작한다는
표시이다.

차례

1부

여자의 말

내가 가장 예뻤을 때

내가 가장 예뻤을 때
거리들은 와르르 무너져 내리고
전혀 뜻하지 않은 곳에서
파아란 하늘이 보이곤 했다

내가 가장 예뻤을 때
주위에선 수많은 사람이 죽어갔다
공장에서, 바다에서, 이름도 없는 섬에서.
그래서 난 그만 멋 부릴 기회를 잃고 말았다

내가 가장 예뻤을 때
다정한 선물을 내게 바치는 사람은 아무도 없었다
남자들은 거수경례밖에 모르고
깨끗한 눈빛만을 남긴 채 모두 떠나갔다

내가 가장 예뻤을 때
내 머리는 텅 비어 있었고
내 마음은 굳어 있었고
손발만이 밤색으로 빛났다

내가 가장 예뻤을 때
우리나라는 전쟁에서 패했다
그런 바보 같은 일이 있을 수가 하고
블라우스의 소매를 걷어붙이고 비굴한 거리를 활보했다
>

내가 가장 예뻤을 때
라디오에서는 재즈가 흘러넘쳤다
금연禁煙을 깼을 때의 현기증을 느끼며
나는 이국異國의 감미로운 음악에 탐닉했다

내가 가장 예뻤을 때
난 너무도 불행했고
난 너무도 종잡을 수 없었고
난 무지무지 외로웠다

그래서 결심했지, 가능하면 오래오래 살아야지 하고
나이 들어서 엄청나게 아름다운 그림을 그린
프랑스의 루오* 할아버지처럼
그렇게

* 루오(Georges Rouault, 1871~1958): 프랑스를 대표하는 종교화가.

더 강하게

더 강하게 주장해도 되는 거야
우린 아카시*의 도미가 먹고 싶다고

더 강하게 주장해도 되는 거야
우린 여러 종류의 잼이
언제나 식탁 위에 놓여 있었으면 한다고

더 강하게 주장해도 되는 거야
아침 햇살이 비치는 밝은 부엌을
원한다는 걸

닳아빠진 신발일랑 미련 없이 버려버리고
뽀득뽀득 소리 나는 새 구두의 감촉을
더 자주 느껴 보고 싶다고

가을, 여행을 떠나는 사람이 있다면
윙크하며 보내 주면 되는 거야

왜 그랬을까
움츠러드는 게 삶이라고
굳게 믿어 버린 마을과 동네
눈꺼풀을 치켜뜬 집들의 차양

이봐요 작은 시계방 아저씨!
구부정한 어깨를 활짝 펴고 외쳐 보세요

올해도 삼복더위에 장어 구경 한 번 못 해 봤다고

어이~ 작은 낚시 가게 아저씨!
이렇게 외치는 거예요
난 아직 이세*의 바다를 보지 못했노라고

여자가 탐나면 빼앗아도 되는 거야
탐나는 남자가 있으면 빼앗아도 되는 거야

아아 우리가
더욱더 탐욕스러워지지 않는 한
아무것도 시작되지 않는단 말이야

* 아카시(明石): 일본 효고(兵庫)현 중남부의 항구도시로 예로부터 명승지로 유명하다.
* 이세(伊勢): 일본 긴키(近畿) 지방 미에(三重)현 중북부의 도시로 일본 왕실의 종묘인
  이세진구(伊勢神宮)가 있는 곳으로 유명하다. 이세진구의 참배객은 연간 천만 명에
  달한다.

악수

상대가 손을 내밀면
손을 잡는다
그리곤 아차! 하고 생각한다, 늘
상대의 얼굴에 곤혹스러움의 표정이 스치는 순간

아무래도 너무 강하게 잡은 것 같다
상대가 손을 내밀면
여자는 고운 자태로
다소곳이 손을 내밀며
단지 손을 맡기기만 하는 게 예의인지도 모른다

아아~ 그런데 그런 게 어쨌단 말이야
난 내 방식대로 하겠어요

그러니까
친애의 마음이 유유히 넘쳐흐를 때
압력계라도 쥐듯이
꾹 꾹 꾹 힘을 주어서 잡지요
아파도 내가 알 바 아니야
불가리아 시인의 커다란 손은 이쪽이 아팠다
라오서*의 손은 부드러워서 내 손 안에서 아파 보였다

* 라오서(老舍, 1899~1966): 중국의 소설가·극작가.

낙오자

낙오자
    화과자和菓子 이름으로 지어 주고 싶은 부드러운 어감
낙오자
    지금은 자조나 뒤처진 사람이란 뜻
낙오자가 되지 않기 위한
    우스꽝스러울 정도의 애처로운 노력들
낙오자에게야말로
    은은한 향기의 매력도, 감촉도 있건만
땅에 떨어져 낙오된 열매
    한 아름 포용할 수 있어야만 풍요로운 대지
그렇다면 당신부터 낙오자가 되시죠
    네 아무렴요, 여자로서 이미 오래전에 낙오자
땅에 떨어지지 않고 먹음직스럽게 영글어
    호락호락 남의 먹잇감이나 될소냐
낙오자
    결과가 아닌
낙오자
    눈부신 의지意志일지어라

여자아이 행진곡

사내아이를 골탕 먹이는 건 신나는 일
사내아이를 칭얼거리게 하는 건 더욱 신나는 일
오늘도 학교에서 지로의 머리를 갈겨 줬다
지로는 꺄악― 하고 꽁무니를 빼며 달아났다
      지로 머리는 돌대가리
      도시락 통이 찌그러졌대요

아빠가 그랬어, 의사 아빠가 그러셨어
여자아인 난폭하게 굴면 못쓴다고
몸속에 소중한 방이 있으니까
조용히 있어야지, 얌전히 굴어야지
      그런 방이 어디 있담
      오늘밤 탐험해 봐야지

할머니는 화내신다 쭈글쭈글 우메보시 할머니
생선을 깨끗이 먹지 않는 아이는 쫓겨난단다
시집가서 사흘도 안 돼서 쫓겨나고 말지
머리와 꽁지만 남기고 나머진 깨끗이 먹으렴
      시집 같은 건 안 갈 거니까
      생선 해골 따위 보기도 싫어

빵집 아저씨가 소리 질렀다
강해진 건 여자와 양말, 여자와 양―마알!
빵을 안은 채 주부들이 웃고 있었다
당연하죠, 그건 그만한 이유가 있는 거죠

나도 강해져야지!
내일은 또 어떤 녀석을 울려줄까

여자의 말

사랑하는 사람에겐
다양한 별명을 붙여 주자
작은 동물이나 그리스의 신들
맹수 등에 비유하며.
서로 사랑을 나누는 밤에는
다정한 이름들을
살며시 부르러 가자
어둠을 틈타서

아이들에겐
이야기란 이야기는 모두 들려주자
나중에 어떤 운명이라도
피구처럼 받아들일 수 있도록

만원 전차 안에서
발을 세게 밟히면
큰 소리로 외치자, 이 멍청아!
도대체 말이야, 사람 발을 뭘로 아는 거야

삶의 한계선을 침범당하면
말을 발사하는 것이다
러셀 언니*의 두 자루 권총처럼
백발백중의 통쾌함으로

말

말
여자의 말은
부드럽고 향기 가득하고
신비롭게 살아 움직이는 것
아아
그런데 나의 고향에서는
여자의 말은 규격품
생기 없는 냉동품
쓸쓸한 인공 호수다!

길에서 사모님과 맞닥뜨리곤
장바구니를 뒷손에 쥔 채 남편 소문, 아이들 안부
날씨 이야기, 세금 이야기,
신문 기사 나부랭이
꿀을 교묘히 섞어 바른 남의 험담
말해도
말해도
쓸쓸해질 뿐
두 사람의 말의 댐은 어쩜 이리도 빈궁한지
이윽고 둘은 어느샌가
두 마리 잉어가 되어 버리고
입만 뻐끔뻐끔 벌리며
의미 없는 말을 지껄여댄다
커다란 비단잉어에게!
그러다가 두 마리 잉어는 졸음이 몰려와
지껄이고 지껄이다가
점점 정신이 혼미해진다.
이게 바로

대낮의 참극이 아니고서 뭐란 말인가
내 지느러미는 마비가 오면서
천천히 움직여
호각을 부는
몸짓이 된다*

* 제인 러셀(Jane Russell, 1921~2011): 미국의 배우이자 가수 겸 모델. 1940~1950년대
  헐리우드에서 활약한 대표적인 여성 배우로 그녀가 맡은 터프한 성격의 인물이나 영
  웅적인 카우걸 배역 때문에 여장부(姉御) 이미지가 일본에서는 특히 부각되었다.
* 호각을 분다는 것은 누군가에게 경고를 주려 한다는 것을 의미한다.

호수

"있잖아 엄마란 말이야
 고요~함 같은 게
 있어야 하는 거야"

명대사를 듣는도다!

뒤돌아보니
양 갈래 머리와 단발머리
란도셀* 가방 두 개가 흔들리며 걸어가는
낙엽 길

비단 엄마만이 아니리라
인간은 누구나 마음속 깊은 곳에
고요한 호수를 가지고 있어야 한다

다자와 호수*처럼 깊고 푸른 호수를
남몰래 가지고 있는 사람은
말해보면 안다 두 마디, 세 마디만으로

그야말로 조용하고 잔잔한
쉽게 넘치지도 줄어들지도 않는 자신만의 호수
타인은 쉽사리 내려가지 못하는 마魔의 호수

교양이나 학력 따윈 아무 상관없는 듯하다
인간의 매력이란

아마도 그 호수 언저리에서
피어나는 안개이리라

일찍도 그걸
알아챈
두 명의
작은
소녀들

＊ 란도셀: 일본에서 초등학교 학생들이 등에 메고 다니는 책가방.
＊ 다자와(田沢) 호수: 일본 아키타(秋田)현에 있는 호수.

대학을 나온 사모님

대학을 나온 아가씨
지방의 유서 깊은 집안으로 시집을 갔다네
장남 아드님이 너무 너무 멋져서
유학 시험은 결국 단념하고서
　　　　삐이삐이*

대학을 나온 사모님
지식은 반짝반짝 빛나는 스테인레스
갓난아기 기저귀를 갈아 주면서
주네*를 논하고 소금 항아리에는 학명學名을 붙인다네
　　　　삐이삐이

대학을 나온 새댁
정월에는 울상이 되고 말지
마을 사람 총 출동하여 와~ 하고 몰려오면, 붉은 옻칠을 한 밥상에다
술병이며, 따끈하게 데운 술이며, 안주며
　　　　삐이삐이

대학을 나온 어머니
보리밭 사이를 헤치며 자전거로 달리네
꽤나 관록이 붙었구먼
마을의회 의원 자리 하나 어떨까, 나쁘지 않네
　　　　삐이삐이

* 삐이삐이는 새들이 시끄럽게 재잘거리거나 병아리가 삐약삐약하는 것을 나타내는 의
  성어로 여기서는 사람들이 남의 이야기를 재잘재잘 떠들어대는 것을 연상시킨다..
* 주네(Jean Genet, 1910~1986): 프랑스의 소설가, 극작가, 시인.

화낼 때와 용서할 때

한 여자가 홀로
턱을 괴며
익숙지 않은 담배를 뻐끔뻐끔 피워 대며
방심하면 뚝 뚝 떨어지는 눈물을
수도꼭지처럼 꽉 꽉 죄어 가며
남자를 용서할 건지, 화를 낼 건지
지혜를 짜내고 있다
마당의 장미도, 구운 사과도, 정리용 옷장도, 재떨이도
오늘 아침은 여기저기 흩어진 채, 마치 실이 끊어진 목걸이처럼 널
브러져 있다
화산이 분화하듯 가차 없이 남자를 몰아붙이고 난 후에는 늘
야만바*처럼 사무치게 외로우니까
이번에도 아마 또 용서해 버리고 말겠지
자기 상처엔 그럴듯한 속임수의 약을
듬뿍 바르고서 말이야
　　　이건 결코 경제 문제 따위가 아니다

여자들은 오래 오래 용서해 왔다
너무나 오랜 세월 용서해 왔기에
어느 나라나 여자들은 납으로 만든 병정밖에
낳지 못한 게 아닌가?
이쯤에서 하나
남자들의 콧대를 딱 딱 때려 주고
아마존의 모닥불이라도 둘러싸야 할 게 아닌가?
여자들의 상냥함은

26

오랜 세월 세상의 윤활유였지만
그게 어떤 결과를 낳았단 말인가?

한 여자가 홀로
턱을 괴며
익숙지 않은 담배를 뻐끔뻐끔 피워 대며
조그마한 자신의 보금자리와
벌집을 쑤신 듯한 세계 사이를
왔다 갔다 하면서
화낼 때와 용서할 때의 타이밍을
제대로 정하지 못해
어쩔 줄 몰라 하고 있다
그걸 가르쳐 주는 건
사려 깊은 큰어머니도
심원한 책도
곰팡이 나는 역사도 아니다
오로지 하나 분명한 건
자기 스스로가 그걸 발견하지 않으면 안 된다는
사실이다

* 야만바(山姥): 일본 각지의 산에 산다고 알려진 늙은 여자 요괴.

임금님의 귀

다 같이 이야기를 하는 동안
남자들 얼굴에 점점 흥이 깨진다는 표정이 역력해졌다
어느 시골의 제사 모임
문득 주위를 둘러보니 남자들만 가득하고
여자는 나 혼자뿐
뭔가에 대해 서로 이야기를 나누고 있었던 것이다
여자들은 커다란 부엌에서 모두 분주하게 일하고 있고
나도 자잘한 일들을 거들지 않으면 안 되었지만
사공이 많으면 배가 산으로 간다고 하니
한가하게 앉아 있는 남자들 사이에 섞여 있었던 것이다
특별히 건방진 이야기를 한 기억은 없는데
가부장 사내들이 보여 준 이 거만한 포즈는 뭐지
그들의 귀는 당나귀 귀
둘러보니 제법 젊은 당나귀들도 있었다
　(당나귀여 용서해다오, 이건 어디까지나 비유
　　너희들의 청각은 훨씬 더 멋질 거라고 생각해)

여자들은 속마음을 접는다
부채를 접듯이
갈 곳을 잃은 말들은 몸속에서 도량발호하고*
정반대의 말만 하며 살아간다
기온*의 무희마냥 바보처럼 행동해야 사랑받고,
노녀老女가 되면 능력 있는 사람들만
접어둔 부채를 펼치는 것이 허락된다
그 권위는 히미코* 저리 가라로

터무니없는 명령에도 다 큰 사내들이 복종한다
　　슬프도다 접어두었던 것을
　　끄집어내었을 때는 곰팡이가 펴서
　　그 고리타분함은 어찌할 도리가 없어라
친척 슈코 씨를 붙잡고
이 지방 남자들을 매도하자
오래된 가문의 중압에 온갖 고생을 하고 있는 이 사람은
뽀유스름히 하얀 얼굴을 내리깔며 쓸쓸히 웃는다
　　"때때로 저도 그걸 느껴요
　　제 생각이나 감정을 입 밖에 내기라도 하면
　　있을 수 없는 일인 양
　　이상하다는, 불쾌하다는 얼굴을 하는 걸 말이죠
　　그런데 생각하기에 따라
　　아직도 제가 한창 젊다는 증거라 생각하고……"
뭉크의 그림 「절규」에
너무도 마음이 끌린다고 옛날에 말하곤 했던 이 사람이
목구멍까지 차오르는 절규를
지금도 꾹꾹 눌러 가며 참고 있단 말인가
여자들 주사위 놀이가 골을 향해가듯
모든 게 언제까지나 정석대로 되지는 않는 것이리라
어찌되었든 내가 참석했던 건 에도 시대* 중기의 제사였네요
남자들이여 흥이 깨질 테면 깨지라지
해야 하는 말은 하지 않으면 안 되는 법
내가 사는 도시에선 이런 일은 없지만
아니, 잠깐 기다려 봐!
한 꺼풀 벗기면 똑같은 게 아니었던가
농으로 돌려 버리고, 비웃고, 흥 깬 얼굴을 하고, 뻬딱한 자세를 취하고
콧방귀 뀌는 걸 다소 위장하고 있는 것에 지나지 않을 뿐

여자의 말이 너무 예리해도

지나치게 직접적이어도

지리멸렬할지라도

그걸 제대로 받아들이지 못하는 남자는

그야말로 틀려먹었다, 모든 것이

그렇다

기억의 밑바닥을 모조리 훑어보니, 이미 25년이 경과한

나의 남자 감별법, 그 첫 번째에 해당하는 것이기도 했다

---

* 도량발호(跳梁跋扈): 함부로 날뛰고 설침.

* 기온(祇園): 일본 교토(京都)에 있는 대표적인 유흥가.

* 히미코(卑弥呼): 3세기 중엽 일본 야마타이코쿠(邪馬台國)을 통치한 것으로 알려진
여왕.

* 에도(江戶) 시대: 1603년 도쿠가와 이에야스(德川家康)가 에도 막부를 연 때부터 1867
년까지의 시기이다. 쇼군(将軍)이 전국을 통일하고 지배하였으며 봉건사회 체제가 확
립되었다.

어린 소녀가 생각한 것

어린 소녀는 생각했다
결혼한 여자의 어깨에서는 어째서 저런 향기가 나는 걸까
물푸레나무처럼
치자나무처럼
결혼한 여자의 어깨에 드리워진
저 엷은 안개와도 같은 것은
무얼까
어린 소녀는 자기도 그것을 가지고 싶다고 생각했다
그 어떤 아름다운 소녀에게도 없는
너무도 멋진 그 무언가를……

어린 소녀가 어른이 되어
아내가 되고 어머니가 되어
어느 날 문득 깨닫고 말았다
결혼한 여자의 어깨에 눈처럼 쌓여 가는
저 부드러운 것의 실체가
하루하루
사랑을 베푸는 데서 오는
　　　단순한 피로에 지나지 않았음을

바다를 가까이

바다가 아주 멀게 느껴질 때
그건 나의 위험 신호

내게 힘이 넘칠 때
바다는 내 주위에서 푸르르다

아아 바다여! 언제나 가까이 있어다오
샤를 트레네* 노래의 리듬으로

칠대양*의 바다 따위 한 발로도 뛰어넘을 거리
그 정도로 바다는 가까웠다, 청춘의 출발점에서는

지금은 생선 가게 앞에서
바다를 요리하는 일에 마음을 쓰고 있다

아직 젊디젊은 카누와 같은 청춘들은
진짜로 바다를 넘어 버린다

바다여! 가까이 있어다오
그들의 청춘의 출발점에서는 더더욱

---

* 샤를 트레네(Charles Trenet, 1913~2001): 프랑스의 샹송 가수.
* 칠대양: 전세계의 바다를 일컬음. 『정글북』의 작가 러디어드 키플링(Rudyard
  Kipling, 1865~1936)의 시 「칠대양(The Seven Seas)」(1896)으로 유명해진 말이다.

혼자일 때 생기발랄

혼자 있으면 생기가 넘친다
활기차고 생기 넘치는 숲이란다
꿈이 톡 톡 터지고
좋지 않은 생각도 솟아 나온다
에델바이스도, 독버섯도

혼자 있으면 생기가 넘친다
활기차고 생기 넘치는 바다란다
수평선도 기울고
한없이 난폭해지는 밤도 있고
물결이 잔잔한 날 태어나는 개량 조개도 있는

혼자일 때 생기발랄
맹세컨대 억지 부리는 게 아니다

혼자 있는 게 외로운 사람은
둘이 모이면 더욱 더 외롭고
여럿이 모이면
타-타-타-타 타락이로군

미래의 연인이여
아직 어디 있는지도 모르는 그대
혼자 있을 때 가장 생기발랄한 녀석
이길 바라노라

바보 같은 노래

이 강가에서 당신과
맥주를 마셨죠, 그래서 여긴 내가 좋아하는 가게

칠월의 아름다운 밤이었어요
당신이 앉았던 의자는 저기, 그렇지만 세 명이었죠

수많은 작은 등불이 켜지고 연기가 자욱했고
당신은 재미있는 농담을 늘어놓았죠

둘이 있을 땐 설교만 하고
거친 행동 같은 건 전혀 하지 않으면서

그렇지만 난 느낄 수 있어요
당신의 그윽한 눈길을

어서 내 마음에 다리를 놓아요
다른 누군가가 놓기 전에 말이에요

그럼 난 주저하지 않고 건너죠
당신 있는 곳으로

그렇게 건너가면 더 이상 되돌아갈 수 없는
도개교^{跳開橋}* 같은 다리를 말이에요

고흐의 그림에 있던

아를 지방의 밝고 소박한 도개교!

아가씨는 유혹당해야 하는 거예요
그것도 당신 같은 사람으로부터

* 큰 배가 밑으로 지나갈 수 있도록 위로 열리는 구조로 만든 다리. 양쪽으로 열려 올라가는 이엽식(二葉式)과 한쪽만 올라가는 일엽식(一葉式)이 있다.

나의 카메라

눈
그것은 렌즈

눈 깜박임
그것은 나의 셔터

머리카락으로 둘러싸인
작디작은 암실도 있는

그러니까 난
카메라 따윈 매달고 다니지 않아요

알고 있나요? 내 안에
당신의 필름이 하나 가득 보관되어 있다는 사실을

나뭇잎 사이로 비치는 햇살 아래에서 웃고 있는 당신
파도를 가르는 구릿빛 색깔의 눈부신 육체

담배에 불을 붙이고 어린아이처럼 잠들고
난초 꽃처럼 향기를 발하고, 숲속에선 라이언이 되었던가?

세계에 단 하나 그 누구도 모르는
오직 나만의 필름 라이브러리

오오토코를 위한 자장가

잘 자요 오오토코*
저녁에 맑디맑은 정신으로 있다니 그게 말이 되나요
그건 당신이 예외의 새鳥이니까
눈을 감고 입을 벌리고
따라가세요 가사假死의 길을
새도 수목도 잠드는 밤
당신만이 커다랗게 눈을 뜨고서
바스락거리고 있다니 이게 무슨 일인가요

심장의 펌프가 삐걱거릴 정도의
이 부산함은 어딘가 많이 잘못되었어요
                    잘못된 거라고요

우리나라가 아무리 후진국이라고 해도
달리는 것만이 능사는 아니죠
정말로 소중한 건 그리 많지 않아요
정말로 소중한 건 아주 사소한 것이지요
         당신이 보잘것없는 것만을
         만들고 있다는 건 아니지만

잘 자요 오오토코
당신은 머나먼 곳을 찾아가
어둡고 넓은 숲속으로 들어가죠
거기엔 차가운 샘물이 있고
고요히 빛나는 것을 뿜어내고 있어요

당신은 숲속의 샘으로부터
한 잔의 맑은 물을 떠 오지 않으면 안 돼요
아아, 그것이 무언지는 묻지 말아요

잘 자요 오오토코
한 잔의 맑은 물을 확실히 떠올리지 않으면 안 돼요
그렇지 않으면 당신은 메말라 버리고 마니까요
잘 자요 오오토코
둘이서 갈 수 있는 데까지는
저도 같이 가드리겠지만

* 오오토코(大男): 몸집이 큰 남자, 사나이.

12월의 노래

곰은 이미 잠들었어요
다람쥐도 꾸벅꾸벅
대지도 수목도
긴 휴식에 들어갔어요

갑자기
기억해 낸 듯 내리는
소리 없는 자장가
그건 가랑눈, 함박눈

스승도 달린다는 12월*
그렇게 말하며
인간만이 숨 쉴 겨를도 없이
사방을 움직입니다

분주함과 맞바꾸어
소중한 것을
뚝 뚝 떨어뜨리고 갑니다

---

* 일본에서는 12월을 아어(雅語)로 시와스(師走)라고 한다. 점잖은 선생님도 달음박질
할 정도로 분주한 달이라는 의미이다.

헤아리다
— Y.Y.에게 *

어른이 된다는 건
닳고 닳은 사람이 되는 것이라고만
생각했던 소녀 시절
몸가짐이 아름답고
발음이 정확한
멋진 여성을 만났지요
그분은 나의 발돋움을 꿰뚫어 보기라도 한 듯
지나가는 말로 내게 말해 주었어요

때 묻지 않은 순수함이 소중한 거라고
사람에 대해서도, 세상사에 대해서도
사람을 사람으로 여기지 않게 될 때
타락이 시작되는 법, 추락해 가는 걸
감추려 해도 감출 수 없게 된 사람들을 수없이 보았어요

나는 가슴이 철렁했고
그리곤 깊이 깨달았습니다

어른이 되어서도 갈팡질팡해도 괜찮다는 것을
어색한 인사, 보기 흉하게 불거지는 얼굴
실어증, 세련되지 못한 몸동작
아이들의 짓궂은 행동에도 상처받고 마는
여리디여린 생굴과도 같은 감수성
그런 것들을 단련해야 할 필요 같은 건 없는 거라고.
나이 들어서도 갓 피어난 장미처럼 부드럽게

밖을 향해 자신을 활짝 여는 것이야말로 어려운 일
모든 일들
뛰어난 모든 일들의 핵심에는
가냘프게 떨리는 여린 안테나가 숨겨져 있는 거야, 틀림없이……
이제 나도 그때 그분과 비슷한 나이가 되었습니다
그때를 되돌아보며
지금도 때때로 그 말의 의미를
가만히 헤아려보곤 합니다

* 일본을 대표하는 신극 여성 배우 야마모토 야스에(山本安英, 1906~1993)에게 바치는
  시이다.

처녀들

이어링을 볼 때마다 생각합니다
조몬 시대*의 여자들과 똑같네

목걸이를 늘어트릴 때마다 생각합니다
히미코^{卑弥呼} 여왕 때와 다를 바 없네

반지는 물론이고 팔찌도 발찌도 있었네
지금이야 브레이슬릿, 앵클릿이라며 그럴 듯하게 부르지만

볼연지를 바를 때마다 생각합니다
고분 시대 여자 토우^{土偶}들도 붉은 색을 발랐네

미니스커트를 볼 때마다 생각합니다
모내기하는 처녀들의 건전한 작업복 스타일을

롱스커트가 나부낄 때마다 생각합니다
아름다운 수도 나라^{奈良}에서 유행하던 패션을

되풀이하고 되풀이되는 옷차림
파도처럼 왔다가 갔다가 하며

파도가 조개껍데기을 남기고 가듯
여자들은 유품을, 살았던 증표를 남기고 간다

곡옥이나 진주, 빗이나 비녀, 속옷 장식과 누빔이

집집마다 장롱 깊숙이, 박물관 한구석에 고요히 살아 숨쉬다가

또다시 새로운 여행길에 오른다
아득한 과거의 생명을 이어받아 한층 더 화려해진 처녀들

어머니나 할머니의 유품을
몸 어딘가에 딱 하나 장식하고선

---

* 조몬(縄文) 시대: 일본의 기원전 1만 년 전후에 시작되어 기원전 약 300년까지 이어
진 시대. 이 시대의 토기에서 볼 수 있는 새끼줄 문양에서 승문(조몬)이라는 이름이
붙었다.

2부

사해파정

영혼

당신은 이집트의 왕비처럼
늠름하게
동굴 깊숙한 곳에 앉아 있다*

당신에게 봉사하기 위하여
내 발은 쉴 줄을 모른다

당신에게 아양 떨기 위하여
갖가지 허식^{虛飾}에 찬 공물^{供物}을 훔쳐 바쳤건만

나는 한 번도 본 적이 없다
당신의 암청색 눈동자가
호수처럼 미소 짓는 것을
수련^{水蓮}처럼 꽃 피는 것을

사자 머리가 새겨져 있는
거대한 의자에 자리를 잡고
흑단색 향기를 발하는 살결이여
때때로 나는 촛불을 들고
당신 슬하에 무릎을 꿇는다

가슴 장식의 시리우스*가 빛을 발하고
        시리우스가 빛을 발하고
당신은 눈동자를 드는 적이 없다
>

미칠 것만 같은 허무한 문답과
형이상학의 방랑이 또다시 시작된다

가끔……
나는 손거울을 들고
당신의 초라한 노예를 그 속에서 본다

아직도 「나」 자신을 주장하며 살아 보지 못한
이 나라 젊은이의 얼굴 하나가
거기에
불꽃을 머금은 채 얼어붙어 있다

* 이바라기는 이 시에서 조국인 일본과 자신의 관계를 이집트의 왕비와 그 노예에 비유
  하고 있다.
* 밤하늘에서 가장 밝은 별.

네부카와의 바다

네부카와^{根府川} *
도카이도^{東海道}의 작은 역
빨간 칸나 꽃이 피어 있는 역

영양을 듬뿍 머금은
커다란 꽃송이 너머엔
언제나 새파란 바다가 펼쳐져 있었다

중위와의 사랑 이야기를 들으며
친구와 둘이서 이곳을 지난 적이 있었다

넘칠 듯한 청춘을
배낭에 꾹꾹 채워 넣고
주머니엔 동원령을 넣은 채
흔들리며 이곳을 지난 적도 있었다

불타는 도쿄를 뒤로하고
네이블오렌지 꽃 하얗게 핀 고향에
도착했을 때도
너는 그곳에 있었다

훤칠한 키의 칸나 꽃이여
잔잔한 사가미*의 바다여

먼 바다에 반짝이는 파도 한 자락

십 대의 세월
풍선처럼 사라진
무지하고 순수하고 헛수고였던 세월
잃어버린 단 하나의 해적함*

호리호리하고
창백한 모습으로
국가를 껴안은 채
눈썹을 치켜세운
작업복 시대의 어린 나를
네부카와의 바다여
잊지는 않겠지

여자의 연륜을 더해 가면서
나는 또다시 이곳을 지난다
그때로부터 8년
오로지 그 무엇에도 굴하지 않는 마음을 키운 채

바다여

너처럼
저 멀리 딴 곳을 바라보면서……

* 일본 가나가와(神奈川)현 오다와라(小田原)시에 있는 철도역. 도쿄와 고베를 잇는 도
  카이도선 역 중의 하나로 현재는 무인역으로 운영되고 있다.
* 사가미(相模): 일본 가나가와(神奈川)현 남부에 있는 만(灣).
* 해적함(海賊函): 해적의 보물 상자.

대화

네이블오렌지 나무 아래 멈춰 서 있노라니
하얀 꽃들이 강렬한 향기를 내뿜고
사자좌獅子座의 가장 빛나는 별이 크게 깜빡였다
차가운 젊은이들처럼 서로 호응하며

땅과 하늘의 불가사의한 의지가 서로 친밀하게 교감하는 것을 보
았다
넘쳐 오르는 전율의 아름다움!

외톨이가 된 소녀는 방공防空용 두건을
머리에 쓰고 있었고, 이웃 마을의 사이렌은
계속 울리고 있었다

그토록 깊은 시샘은 그 후 두 번 다시 찾아오지 않았다
대화의 습성은 그날 밤 막을 올렸다*

* 이 시는 1955년에 출간된 첫 번째 시집 『대화』에 수록된 것으로 이바라기의 시를 관통
하는 주제인 타자와의 관계 회복과 소통에 대한 희구를 담고 있다.

모르는 것이

대학의 계단식 교실에서
한 학생이 입을 벌린다
쩌억쩌억 악어처럼 벌린다
자신의 의지와는 아무 상관없이

전장에서 어떤 공포에 직면하곤
이 발작이 시작된 것이다
전차 안에서도
은행나무 아래서도
장소 불문하고 발작을 일으키는
추체외로* 증후군

학생은 부끄러워하며 고개를 숙이고 입을 손으로 덮어 가린다
그러나 나이 어린 친구들 사이에 섞여서
배우려는 자세를 조금도 흐트러뜨리지 않는다

한 청년을 찌르고 지나간 것
그건 어떤 공포였을까
한 청년을 일으켜 세웠던 것
그건 어떤 경건한 소원이었을까

그가 입을 조금 벌리고
잠이 살짝 들었을 때
할 수만 있다면 아아~ 살며시
그의 꿈속으로 들어가

조금은 건방 떠는 누나처럼
　"너에 대해 모르고 있었던 거 사과할게"라며
조용히 머리를 쓰다듬어 주고 싶어라

정밀한 수신기는 날로 늘어만 가는데
세계 도처에서 일어나는 일들은 하루면 알 수 있는데
"모르는 것이 너무 많아."라고
너에게만은 고백하고 싶구나

* 추체외로(錐体外路): 대뇌부터 척추 및 말초신경까지 이어지며 운동을 통제하는 주요
신경다발이다.

한 번 본 것

— 1955년 8월 15일을 위하여*

한 번 본 것을 잊지 말도록 하자

파리의 여자는 타락해서
개선문을 통과한 독일군 병사에게
아카시아꽃, 제비꽃을
비처럼 뿌린 겁니다……
초등학교 교정에서
우리는 그렇게 배웠건만
맑게 갠 날 본 것은
강인했던 파리의 영혼!

한 번 본 것은 잊지 말도록 하자

중국은 대체로 보잘것없었다며
교사는 대담하게도 동양사를 건너뛰었다
안개 자욱한 대지, 안개 자욱한 대하^{大河}
바보 같은 민족이 꿈틀거리고 있다고 배웠지만
바다가 이상히도 요동치던 날
우리들이 본 건
회전 무대처럼 멋지게
드러난 중국의 모습!

한 번 본 것은 잊지 말도록 하자

일본 여자는 매화나무처럼 늠름해서

수치를 당할 바엔 혀라도 깨문다고 했는데
덮개를 열고 보니 사라지고 없었던 고분의 왕관
아아~ 옛날에 그런 것도 있었던가
전쟁이 끝나고 언젠가
도호쿠東北 지방의 농부가 영국 포로들에게
친절하게 대했던 일이 어느 날 갑자기
세상에 알려지기도 하였다

모든 것은 움직이며
모든 것은 깊은 음영을 지니며
무엇 하나 믿어 버려서는 안 되는
것이고
잡동사니 속엔 엄청난 캐럿의
보석이 파묻혀 있어
역사는 볼 만한 가치가 있는 그 무엇이었다

여름풀 무성한 불타버린 폐허에 웅크리고 앉아
젊었던 나는
안구眼球 하나를 얻었다
원근법 측정이 정확한
차갑고 상쾌한!

단 하나의 획득물
세월이 지남에 따라 깨닫는다
이 무기는 엄청나게 비싼 대가를 치르고 얻은 무기

정신 바짝 차리고, 있는 힘껏 나는 살아가야지!

나무 열매

높게 솟은 나뭇가지 끝에
푸르고 큼직한 과실 하나
현지의 젊은이가 나무를 주르르 타고 올라가
손을 뻗치려다 굴러 떨어졌다
나무 열매로 보였던 것은
이끼 낀 촉루* 한 개

민다나오섬*
26년의 세월
정글의 작고 보잘것없는 나뭇가지가
전사한 일본 병사의 해골을
어쩌다가 살짝 걸쳐놓은 채
그것이 눈구멍이었는지 콧구멍이었는지는 알 수 없으나
싱싱하고 늠름한 한 그루 나무로
무럭무럭 성장해 갔던 것이다

생전에
이 머리를
더없이 소중히, 더없이 사랑스럽게
그 품에 안았던 여자가 분명 있었으리라

작은 관자놀이가 가냘프게 뛰는 걸
물끄러미 바라본 어머니는 누구였을까
이 머리카락을 손가락에 휘감고
부드럽게 끌어안은 여인은 누구였을까

그게 만약 나였더라면……

이을 말을 잊은 채 그대로 일 년의 세월이 흘렀다
지금 다시 한 번 초고草稿를 꺼내
메워야 할 마지막 행의 말을 찾지 못한 채
몇 해가 또 흘러갔다

그게 만약 나였더라면……
에 이을 한 행을 결국 채우지 못한 채

* 촉루(髑髏): 해골.
* 민다나오섬: 필리핀에서 두 번째로 큰 섬으로 태평양전쟁 말기 민다나오섬 전투에서 병사뿐 아니라 민간인을 포함해 수만 명의 일본인이 전사하거나 병사 또는 아사(餓死)했다.

사해파정 四海波靜

전쟁 책임에 대해 묻자
그 사람은 대답했다*
　"그런 말의 수사修辭에 대해선
　　문학 방면에서는 그다지 연구한 바가 없어서
　　대답하기 어렵습니다."
나도 모르게 웃음이 터져 나와
검붉은 웃음 토혈하듯
터져 나오다가 멈추고 또다시 터져 나온다

세 살 아이라도 웃겠지
문학 연구를 완수하지 못하여 "응애응애"라고도 못 한다면
네 개의 섬*
웃고 웃다가 사방이 웃음으로 진동하려나
30년에 한 번 있을까 말까 한 블랙 유머

비바람 맞은 해골조차도
달그락달그락 웃어 대는데
일소一笑에 부치기는커녕
요리토모 급의 야유* 하나 정도 날리지 않다니
라쿠슈와 교카*의 스피릿은 어디로 갔단 말인가
사해의 파도 고요하고*
어딘가 섬뜩한 군중들의 침묵
고시라카와* 이래의 제왕학帝王學
소리 없이 달라붙은 채
올해도 귀 기울이는 제야의 종소리

* 1975년 10월 31일, 일왕 히로히토가 첫 미국 방문을 마치고 귀국 직후 기자회견에서 전쟁 책임을 묻는 기자의 질문에 답한 내용이다. 이를 텔레비전에서 본 이바라기는 분노를 억누를 길이 없어 이 시를 썼다. 전쟁 책임자로서 너무도 어이없고 무책임한 답변을 한 일왕에 대해서는 물론이고, 이에 대해 침묵으로 일관하는 일본 언론과 대중에 대하여 신랄한 비판을 가하고 있다.
* 일본 열도는 홋카이도(北海道), 혼슈(本州), 시코쿠(四国), 큐슈(九州) 4개의 섬으로 된 본토와 북방 영토의 여러 섬, 오가사와라(小笠原) 제도 등 수천 개의 작은 섬으로 이루어졌다.
* 미나모토 요리토모(源賴朝, 1147~1199): 가마쿠라 막부의 초대 장군으로 무가(武家) 정치의 창시자이다. 당시 상황(上皇)이었던 고시라카와가 내란의 틈바구니 속에서 교활한 정치가로서의 면모를 유감없이 발휘하자 요리토모가 분개하며 고시라가와를 가리켜 "이 천하의 요괴 같은 놈"이라는 말을 내뱉은 일화가 유명하다.
* 라쿠슈(落首)는 시사(時事)나 인물을 풍자한 익명의 노래이고, 교카(狂歌)는 '장난삼아 부른 와카(和歌)'라는 의미로 정통 와카에 대하여 골계 및 해학을 담아서 읊은 비속한 와카를 말한다.
* 사해파정(四海波靜): 천하의 풍파가 진정되어 나라 안팎이 평화롭고 태평함을 이르는 말.
* 고시라카와(後白河, 1127~1192): 일본의 제77대 일왕. 양위 후 34년 동안 5대에 걸쳐 일왕의 배후에서 정치를 좌지우지하였고, 무사 세력의 성장을 도와 가마쿠라 막부가 세워지는 데 일조했다.

계보系譜

어린 시절
철저히 주입된 건
만세일계론*
반복하고 또 반복해서
한 집안의 족보를 암송했고
그것이 히스토리였으니
지금쯤 히스테리컬해진 것도 당연지사
한 집안의 내력이 이렇게 확실하다는 건
오히려 거짓이 많다는 증거임을
끄덕끄덕하며 납득하기까지
긴 세월을 요했다

몇 대代를 거슬러 올라가면, 몇 십대를 거슬러 올라가면
그 위는 묘연해 행방을 알 수 없는 것처럼
일반 사람들의 선조는 가물가물
안개나 구름 등에 가려져 분간하기 힘든 것이야말로 진실이 아닐까

아버지 쪽 가문은 가와나카지마 전투*까지 거슬러 올라가고
어머니 쪽 가문은 겐로쿠 시대*까지 거슬러 올라가고
그 위는 안개 속 저편으로 사라진다
그렇지만 나의 맥박이 지금 1분에 70이라는
정상치를 헤아리고 있다는 사실은
분명 보통 일이 아니다

지금 살아서 움직이고 있는 것은

모두 하나의 계보에서 이어져 내려온 것

자메이카에서 커피콩을 따는 사람도,

옆집 꼬마도,

옛 사람의 옷소매 향기를 흩뿌리며

지금 꽃이 한창인 귤나무도,

어제 만난 와치和智 씨도,

어찌된 영문인지 밤마다 우리집 처마 밑에

웅가하고 사라지는 도둑고양이도,

노트에 뚜렷이 흔적을 남기고

순식간에 날아가 버린 참새 한 마리도,

정신 차리고 보니 내 주위는

온통 만세일계투성이다

* 만세일계론(万世一系論): 일본 왕실의 혈통이 단 한 번도 단절된 적이 없이 이어져 왔
  다는 주장이다. 이 주장은 메이지유신 이후 일왕을 절대적인 존재로 부각하는 과정에
  서 강조된 것으로 대일본제국헌법의 1조 1항에도 명시되었다.
* 가와나카지마 전투(川中島の戦い, 1553~1564): 일본 전국(戰國) 시대의 다이묘(大名)
  다케다신겐(武田信玄)과 우에스기 켄신(上杉謙信) 사이에서 패권을 둘러싸고 벌어진
  전투.
* 겐로쿠(元禄) 시대: 에도(江戸) 시대 중기, 5대 쇼군 도쿠가와 쓰나요시(德川綱吉)가
  다스린 시기(1688~1704)로 이 시기에 학문과 문화가 크게 발달하였다.

없었다

무사도는 없었다
패군敗軍의 수장은 마지막까지 성을 지키며 장렬히 전사하리라 생각
했지만

무사도는 없었다
상층부의 재빠른 도망질, 잔류 고아들은 나이 들어 죽어 갔다

무사도는 없었다
신神의 나라 청결한 민족*은 가장 불결한 짓을 했다, 이웃 나라들에

무사도는 없었다
오가이*가 타국에서 노력했건만

무사도는 없었다
있다고 믿으며 산화한 젊은이들만 애처로울 뿐

무사도는 없었다
일찍이 있었고 면면이 이어져 왔다면 왜 갑자기 사라져 버렸겠는가

무사도란 자고로
야쿠자들이 만들어 낸 규율과도 같은 것

군데군데 사라지지 않은 채 빛나는 금박의 파편은
보통 사람들의 그저 보통의 선한 마음과 행위의 흔적
>

기사도도 없었다지
그러니까 돈키호테가 기세등등하게 등장한 게지

---

* 일본은 스스로를 신이 다스리는 청결한 민족(神州淸潔)이라 불렀다.
* 모리 오가이(森鷗外, 1862~1922): 일본의 소설가, 평론가, 육군 군의. 서양 문학에 정
  통했으며 일본이 러일 전쟁에서 승리하자 이 전쟁을 "비참의 극치"라고 말한 것으로
  유명하다. 이바라기는 오가이의 역사 소설에 깊은 감명을 받았으며 특히 그의 문체를
  높이 평가하였다.

피

이라크의 가수가 노래 불렀다
열렬히 허리를 비틀어 가며
"사담에게 이 피를 바치자
 사담에게 이 생명을 바치리"
어딘지 귀에 익은 노래
45년 전 우리도 불렀다
독일 어린이들도 불렀다
지도자의 이름을 걸고
피를 바치자 따위의 노래를 부를 땐
변변한 일은 없는 법
피는 온전히 자신을 위해 써야 하는 것
굳이 바치고 싶다면
누구보다도 사랑하는 사람을 위해서 쓰는 것이야말로

히나부리 노래*

저마다의 땅에서
아지랑이처럼
홀연히 피어오르는 향기로운 선율이 있다
사람들에게 사랑받으며
오래도록 불려온 민요가 있다
어째서 국가國歌 등을
장엄하게 불러야 할 필요가 있는가
대부분 침략의 피로 더럽혀진
시커먼 과거를 감춰놓은 채
입을 닦고 기립하여
직립 부동의 자세로 불러야만 하는가
들어야만 하는가
        나는 서지 않아요, 앉아 있겠어요*

연주가 없어 허전할 때는
민요야말로 제격
사쿠라 사쿠라
캠프타운 경마
아비뇽 다리에서
볼가강의 뱃노래
아리랑 고개
벵가완 솔로
저마다의 산이나 강의 향기 피어오르고
바람은 들녘을 건너가겠지요
그거라면 같이 합창하겠어요
>

「산카쿠 야로가 잠시 등장하였습죠」*
야기부시도 좋구나
야케노얀파치* 히나부리 노래
우리들 리듬에 딱 맞아떨어지네

* 히나부리 노래란 각 지방에서 생겨나 오랜 세월 민중의 사랑을 받으며 전해져 내려온 소박한 노래나 민요를 일컫는다.
* 이바라기는 국가 행사나 연주회 등 국가 제창이 있는 행사에서는 일관되게 이 원칙을 고수하였다.
* 일본 도치기(栃木)현, 군마(群馬)현 지역의 민요인 '야기부시(八木節)'의 한 구절. '산카 쿠 야로(三角野郎)'란 삼각형의 뾰족한 각처럼 누구에게나 각을 세우며 문제를 일으 키는 버릇없는 남자를 일컫는다.
* 야케노얀파치: 야케(自棄) 즉 자포자기, 또는 앞뒤 분별없이 난폭한 행동을 하는 것을 강조하여 이를 사람 이름처럼 표현한 말.

기대지 않고

더 이상
기성 사상에는 기대고 싶지 않다
더 이상
기성 종교에는 기대고 싶지 않다
더 이상
기성 학문에는 기대고 싶지 않다
더 이상
그 어떤 권위에도 기대고 싶지 않다
오래 살면서
마음속 깊이 배운 건 그 정도
자신의 눈과 귀
자신의 두 다리로만 서 있으면서
그 어떤 불편함이 있으랴

기댄다면
그건
의자 등받이뿐

3부

자신의 감수성 정도는

자신의 감수성 정도는

바짝바짝 메말라 가는 마음을
남의 탓으로 돌리지 마라
스스로가 물 주는 걸 게을리하고서는

나날이 까다로워져 가는 것을
친구 탓으로 돌리지 마라
유연함을 잃은 건 어느 쪽이었던가

초조해져 가는 것을
근친近親 탓으로 돌리지 마라
무슨 일이든 서툴기만 했던 건 바로 나 자신

초심 사라져 가는 것을
생활 탓으로 돌리지 마라
애초에 깨지기 쉬운 결심에 지나지 않았던가

잘 안 되는 것 일체를
시대 탓으로 돌리지 마라
가까스로 빛을 발하는 존엄의 포기

자신의 감수성 정도는
자신이 지켜야지
바보 같으니라고

유월

어딘가에 아름다운 마을은 없는가
하루의 노동을 마친 후에는 한 잔의 흑맥주
괭이를 비스듬히 세우고 바구니를 내려놓고
남자도 여자도 커다란 잔을 기울이는

어딘가에 아름다운 거리는 없는가
먹음직스러운 열매 달린 가로수가
끝없이 이어지고, 연보라 빛깔의 저녁노을은
젊은이들의 다정한 속삭임으로 넘쳐흐르는

어딘가에 아름다운 사람과 사람과의 힘은 없는가
같은 시대를 함께 살아가는
친근함과 우스꽝스러움과 그리고 분노가
예리한 힘이 되어 모습을 드러내는

학교, 저 불가사의한 장소

오후의 교실, 석양이 비치고
독일어 교과서에 석양이 비치고
책 페이지가 부드러운 장미빛으로 물들었다
젊은 선생님은 엄했고
미소 한번 보여 주지 않았고
언제 전쟁터로 보내질지도 모르는 채
우리들에게 독일의 옛 민요를 가르치고 있었다
시간은 유유히 흘러갔다
시간은 긴밀히, 유유히 흘러갔다
청춘이라고 할 때
문득 기억 속에 떠오르는 건 오후의 교실
부드러운 장밋빛으로 물든 교과서의 페이지
무엇이 쓰여 있었는지
지금은 까맣게 잊어버렸지만.
　"우리들보다 훨씬 젊은 사람들이
　　무엇에도 방해받지 않고
　　좋아하는 공부를 할 수 있다는 건 근사한 일이야
　　정말 근사한 일이야."
만천^{滿天}의 별들을 바라보며
동갑내기 친구가 뜬금없이 중얼거린다

학교, 저 불가사의한 장소
교문을 들어서면 사갈*만큼이나 싫어했던 곳
날아갈 듯이 그곳을 떠나고 나면
숲과도 같이 그리워지는 곳

오늘도 수많은 작은 숲에서
수선화와 같은 우정이 피어나고 향기를 발하고 있을 테지
갓 담근 포도주와 같이
무언가가 뒤죽박죽 엉키며 발효되고 있겠지
이제 막 날아가려는 자들아
자유의 작은 새가 되어라
자유의 맹금^{猛禽}이 될지어라

* 사갈(蛇蝎): 뱀과 전갈을 아울러 이르는 말.

도미

초봄의 바다에
배를 띄우고
도미를 보았다

얼마간의 은화를 털어서
귤 밭에도 안개가 자욱할 즈음
보슈^{房州} 반도의 작은 후미로 저어 나가
물결 위로 미끼를 흩트리자
푸른 바다 밑바닥에서부터 팔랑팔랑 빛깔을 드러내며
튀어 오르는 도미들
산호색 섬광, 파도를 차고
수십 마리나, 수십 마리나 파도를 치며
한순간의 불꽃처럼 찬연한 빛을 발하는
어족^{魚族}의 무리

트라코마 결막염을 앓는 늙은 어부가
배 끝을 두드리며 도미를 부른다
그 생업도 슬프지만
구로시오 해류*를 마음껏 헤엄쳐 돌며
단련된 아름다움을 보여 주지 않는
나태한 도미들의 보기 흉할 정도로 거대한 몸집이
왠지 나를 섬뜩하게 한다
왜 헤엄쳐 가지 않는 걸까, 먼 곳으로
왜 진로를 잡지 않는 걸까, 미지의 방향으로
>

위대한 승려의 탄생지라는 연유로
잡아먹히는 일이 없는 금어구禁漁區*
법열法悅의 후미
사랑 또한 사람을 노예로 만드는 올가미가 될 수 있는 건 아닌지
드넓은 바다
아득한 수평선
평소에 뇌리를 떠돌던 생각이 이 날도 머릿속을 울린다
사랑 또한 족히 노예로 만드는 올가미가 될 수 있음을

* 구로시오(黑潮) 해류: 북태평양 서부와 일본 열도 남쪽을 따라 북쪽과 동쪽으로 흐르
는 해류.
* 금어구(禁漁區): 이 시는 일본 가마쿠라 시대 일련종(日蓮宗)을 창시한 니치렌(日蓮,
1222~1282)의 탄생지를 배경으로 하고 있다. 치바(千葉)현 보소반도(房総半島) 남단
에 위치하고 있는 곳으로 예로부터 도미의 생식지로 유명하고 어업이 금지된 곳이다.

보이지 않는 배달부

I
3월 복숭아꽃이 피어나고
5월 등나무꽃이 일제히 흐드러지고
9월 포도 시렁엔 포도가 무겁게 늘어지고
11월 초록빛 밀감이 여물어 간다

땅 밑에는 약간 어리숙한 배달부가 있어
모자를 거꾸로 쓴 채 페달을 밟고 있으리라
그들은 전해준다, 뿌리에서 뿌리로
사라져가기 쉬운 계절의 마음을

온 세상의 복숭아나무에, 온 세상의 레몬나무에
온갖 식물들 앞으로
한 아름의 편지, 한 아름의 지령을
그들도 갈팡질팡한다, 특히 봄과 가을엔

완두꽃이 피어나는 시기나
도토리 열매가 떨어지는 시기가
남과 북이 조금씩 어긋나는 건
아마도 틀림없이 그 때문이리라

가을이 서서히 깊어 가는 아침
무화과 열매를 따고 있노라니
고참 배달부에게 꾸지람을 듣는
얼뜨기 아르바이트 배달부들의 인기척이 느껴졌다

Ⅱ

3월 히나아라레*를 자르고
5월 노동절 노래가 항간에 흘러넘치고
9월 벼와 태풍에 전전긍긍하며
11월 수많은 청년들이 수많은 아가씨들과 술잔을 나눈다

땅 위에도 국적 불명의 우체국이 있어
보이지 않는 배달부가 무척이나 성실히도 달리고 있다
그들은 전해 준다, 사람들에게
사라져가기 쉬운 시대의 마음을

세계의 모든 창마다, 세계의 모든 문마다
모든 민족의 아침과 저녁마다
한 아름의 암시, 한 아름의 경계를
그들도 갈팡질팡한다, 전쟁이 휩쓴 후나 폐허가 된 땅에선

르네상스의 꽃이 피어나는 시기나
혁명의 열매가 무르익는 시기가
남과 북이 조금씩 어긋나는 건
틀림없이 그 때문이리라

미지의 시대가 열리는 아침
지그시 눈을 감고 있노라면
허무虛無를 거름 삼아 피어나려고 하는
인간 꽃들도 있었다

* 히나아라레: 3월 3일, 여자 아이의 성장을 기원하는 날에 작은 인형(히나 인형)들을 단
에 장식하고 그 앞에 차려 놓는 과자.

반짝반짝 빛나는 다이아몬드와 같은 날

짧은 생애
너무도 짧은 생애
60년 또는 70년

농민들은 몇 번이나 모내기를 하는 걸까
요리사는 얼마나 많은 파이를 굽는 걸까
교사는 똑같은 말을 얼마나 되풀이하는 걸까

아이들은 지구의 주민이 되기 위해
문법, 산수, 물고기의 생태 등을
잔뜩 주입받는다

그리고 품종 개량
불합리한 권력과의 투쟁
부정한 재판의 공격
눈물이 쏟아질 것 같은 잡무
바보 같은 전쟁 뒤치다꺼리를 하며
연구, 정진, 결혼 등이 이어지면서
작은 아이가 태어나거나 하면
생각을 하거나 좀 더 다른 자신이 되고 싶은
욕망 따위는 이미 사치품이 되어 버린다

세상에 이별을 고하는 날
사람들은 살아온 날들을 되돌아보며
자신이 진짜로 살아 있었던 날이

너무도 적었다는 사실에 놀라리라

손꼽을 수 있을 정도밖에 되지 않는
그 날들 가운데는
연인과의 첫 만남의 순간,
그 날카로운 섬광도 섞여 있을 테지

「진짜로 살아 있었던 날」은 사람에 따라
확실히 다르다
반짝반짝 빛나는 다이아몬드와 같은 날은
총살의 아침이기도 하며
아틀리에의 밤이기도 하며
과수원의 한낮이기도 하며
미명未明의 스크럼이기도 한 것이다

살아 있는 것·죽어 있는 것

살아 있는 사과 죽어 있는 사과
그걸 어떻게 구별하나요
바구니를 들고 밝은 가게 앞에 서서

살아 있는 요리 죽어 있는 요리
그 맛을 어떻게 구별하나요
화롯가에서, 산마루에서, 레스토랑에서

살아 있는 마음 죽어 있는 마음
그 소리를 어떻게 듣고 구별하나요
날갯짓하는 기척, 깊은 침묵, 반향이 없는 어둠을

살아 있는 마음 죽어 있는 마음
그걸 어떻게 알아내나요
둘이 사이좋게 술에 취해 뒤얽혀가는 것을

살아 있는 나라 죽어 있는 나라
그걸 어떻게 꿰뚫어 보나요
서로 너무 비슷해서 구별조차 힘든 학살虐殺의 오늘로부터

살아 있는 것 죽어 있는 것
둘은 바짝 달라붙어서 같이 줄을 선다
언제라도 어디서라도 모습을 감추며

모습을 감추며

형제

"준코, 오빠 좋아해?"
"좋아"
"좋아하는구나"
　"응, 좋아"
"오빠도 준코가 너무 좋아
　그럼…… 우리 뭐 좀 먹을까?"

천사들의 대화처럼 맑고 투명한 소리에
문득 눈을 떴다
밤 기차는
어슴푸레 밝아오는 새벽녘 속을
달리고 있었다
승객들은 아직 깊은 잠에 빠져 있고
작은 새들처럼 일찍 잠이 깨는 아이들만이
재잘거리기 시작한다

할아버지 손에 이끌려 여름방학을
아키타秋田에서 보내기 위해 가는 듯한 귀여운 형제였다
창밖으론 지금까지 한 번도 본 적 없는 거친 바다가
넘실대며 파도 소리가 쉴 새 없이 들려오고
적갈색 피부의 할아버지는 아직 잠들어 있어
마음이 초조해진 오빠 쪽이
사랑을 확인하고 싶어졌던 게다

문득 내 머릿속에서 이 형제는

잇슨보시*처럼 성장하기 시작한다
20년 후, 30년 후
둘은 유산 상속으로 싸우고 있고
서로의 배우자 일로 사이가 꼬일 대로 꼬여
'형제는 타인의 시작'이라는 말을
억지로 삼키며 눈물짓는 모습이 뇌리에 떠오른다

아아, 부디 그런 일이 없기를
그들은 까마득히 잊고 말리라
우에츠선*의 한적한 역을 통과했을 때
그들이 나누었던 어린 날의 대화 한 조각을.
참 이상하기도 해라, 앞으로 만날 일도 없을 타인인 내가
그들의 보석처럼 반짝이는 대화를 건져 올려
오래오래 잊지 않고 기억하리라는 사실이

* 잇슨보시(一寸法師): 일본을 대표하는 전래 동화의 하나로 키가 3센티미터 정도에 불과한 남자아이의 모험담이다. 작은 몸집으로 도깨비를 물리치고 그들에게서 얻은 요술 방망이의 힘으로 순식간에 몸집이 커져서 주인 아가씨와 결혼하게 된다는 내용이다.
* 우에츠(羽越)선: 일본 니가타(新潟)현에서 동해 연안을 거쳐 아카타(秋田)현까지 연결하는 철도.

발자국

은행잎이 떨어지던 날
박물관 유리 너머로 본
찰흙에 내리누른 자그마한 발 모양
길이 4센티 정도의 어린아이 발자국
아오모리^{青林}현 롯카쇼무라^{六ヶ所村}에서 출토된
조몬^{繩文} 시대 후기의 유물
아이는 으앙 하며 울었을까
생글생글 웃고 있었을까
마른 점토판을 직화로 서툴게 구웠는데도
그 보드라움이 아직도 생생하다
그 옛날 부모들도
사랑스러운 자식의 발 모양을 남겨 두고 싶었던 게다
병아리콩 다섯 알을 늘어놓은 듯한 발가락
왠지 모르게 젖어오는 눈시울

내겐 슬픔이 있어
눈물로 지새우다 기진하여
눈물샘도 말라붙고
감정도 메마를 대로 말라
마음 움직이는 일은 무엇 하나 남아 있지 않았는데
조그만 발은 뺑 하고 차 주었다
내 안에 딱딱하게 응어리진 것을

그건 그렇고
넌 어디로 가 버린 거지
삼천 년 전 발자국을

마치 어제 일인 양
남겨 놓고는

지천명 ^{知天命}

이웃 사람이 찾아와
"이 소포 끈 어떻게 하면 풀지?"
하고 묻는다

이웃 사람이 찾아와서는
"헝클어진 실 뭉치
어떻게 좀 해 줘."라고 말한다

"가위로 잘라 버려" 하고 진언^{進言}하지만
수긍하지 않는다
하는 수 없이 돕는다, 굼실굼실

함께 살아가는 인연으로
같이 살아간다는 게 대충 이런 거라 하지만
그렇다 해도 너무 하잖아

휩쓸리고
휘둘리고
지칠 대로 지쳐 버리고

그런데 어느 날, 돌연 깨닫는다
어쩌면, 아마도 그럴 거야
많은 상냥한 손이 도와준 거라고

혼자서 넘겨 왔다고 생각한 내 인생의 몇 번의 중요한 고비에도
지금까지 눈치채지 못할 정도로 살며시 도와준 그들의 손길이 있었음을

행방불명의 시간

인간에게는
행방불명의 시간이 필요합니다
왠지는 모르지만
그렇게 속삭이는 그 무엇이 있답니다

삼십 분이든 한 시간이든
혼자
모든 것에서 벗어나
선잠을 자든
명상에 잠기든
발칙한 짓을 하든

도노 이야기遠野物語에 나오는 사무토寒戸의 할매처럼
긴 긴 행방불명은 곤란하지만*
문득 자신의 존재를 지워버리는 시간은 필요하답니다

어디에 있는지, 무엇을 하는지, 몇 시 몇 분에
날마다 알리바이를 만들 이유도 없건만
착신음이 울리면
곧바로 휴대 전화를 듭니다
길을 걷고 있을 때도
버스나 전차 안에서조차
「빨리 와」 「지금 어디?」라는 질문에
대답을 하기 위해

조난을 당했을 때 구조될 확률은 높겠지만

배터리가 다 되거나 통화권 밖이라면
절망은 더 깊어지겠죠
차라리 셔츠 한 장 흔드는 것이 나을 정도

난 집에 있을 때조차
때때로 행방불명이 되죠
현관 벨이 울려도 나가지 않고
전화가 울려도 받지 않아요
지금은 없는 겁니다

눈에는 보이지 않지만
이 세상 여기저기에
설치된 투명한 회전문
왠지 으스스하기도 하고, 근사하기도 한 회전문
나도 모르게 밀치거나
아니면
갑자기 빨려 들어가거나
한 번 회전하면 순식간에
저 세상으로 가게 되는 장치
그렇게 되면
이제는 완전한 행방불명
이것이 내게 남겨진 하나의 즐거움
그땐
그 어떤 약속도
모두
없던 걸로 하죠

＊ 일본의 민속학자 야나기다 쿠니오(柳田国男)의 저서『도노 모노가타리』에는 이와테 (岩手)현 사무토에 사는 여자아이가 어느 날 모습을 감췄다가 30년 후에 노파의 모습 으로 친척들 앞에 나타났다는 이야기가 수록되어 있다. 일본인에게 친숙한 '행방불명 (神隠し)' 이야기로 널리 알려져 있다.

어떤 존재

커다란 나무 밑동에
나신裸身을 숨기고
쓸쓸히 피리를 불고 있는 사람

얼핏 보이는 머리엔 뿔이 나 있는
반신반수의 야윈 생물
어릴 적 딱 한 번 잡지에서 보았던 그림
누구 그림인지도 모르는 채
  (그냥 삽화였는지도)
그래도
난 납득했다
누군가가 알려 준 것이 아닌데도
  (이런 종족도 있는 거야 분명히)

이후 그는 내 안 어딘가에 자리 잡고 살고 있다
추하고
쓸쓸하며
정겨운 존재
음색音色만으로 사람들과 이어지는 것

시대에 뒤처진 사람

자동차는 없어
워드프로세서도 없고
비디오테이프도 없고
팩스도 없고
컴퓨터, 인터넷을 본 적도 없다
하지만 특별히 지장도 없다

　　그렇게 정보를 모아서 어쩌려고?
　　그렇게 서둘러서 무얼 하려고?
　　머리는 텅 비어 있으면서

곧바로 낡아 버리는 잡동사니는
내 산문山門 입구에 들어오는 것을 허락지 않고
　　(산문이라고 한들 나무문밖에 없지만)
곁에서 보면 조롱의 대상인 시대에 뒤처진 사람
그래도 자진해서 선택한 시대에 뒤처진 사람
　　더욱더, 더욱더 뒤처지고 싶다

전화 하나만 보더라도
가공할 만한 문명의 이기利器로
마냥 달가워하고 있는 동안
도청도 자유롭다든지
편리한 것은 대부분 불쾌한 부작용이 따르는 법
강 한가운데 작은 배를 띄우고
에도江戸 시대처럼 밀담을 나눠야 하는 날이 올지도
>

검은 구식 다이얼을
천천히 돌리고 있자니
상대는 받지 않고
공허한 전화벨 소리만 울리는 동안
문득
가 본 적도 없는
시킴*이나 부탄* 아이들의
목덜미 냄새가 바람결에 퍼져 온다
두터운 솜옷 같은 민족 의상
햇볕 바짝 쩐 여물 내음

무슨 일이 생겨도 살아남을 수 있는 건 너희들
올바른 삶을 의식조차 하지 않은 채
올바르게 살아가고 있는 사람들이여

* 시킴: 히말라야 북쪽 기슭에 있는 인도의 주(州).
* 부탄: 인도와 티베트 사이, 히말라야 산기슭에 있는 나라.

방

간소한 책상
나무 침대
물레
마루 위에는 오직 이것뿐

식물 섬유를 펼쳐서 만든
의자 두 개는
가벼이
벽에 매달려 있었다

지금까지 본
가장 아름다운 방
불필요한 것은 아무것도 없는
어느 나라 퀘이커* 교도의 방

내가 동경하는
단순한 생활
단순한 말
단순한 생애

지금도 눈앞에
살포시 떠오르는 의자 두 개
거기엔 농밀한 공기만이
앉아 있었다

* 퀘이커: 프로테스탄트교의 한 교파. 모든 형식주의를 배격하고 내적이며 정신적인 경
험을 중시하면서 금주와 검소한 생활을 강조한다.

벚꽃

올해도 살아서
벚꽃을 봅니다
사람들은 평생
몇 번이나 벚꽃을 보는 걸까요
철이 드는 것이 열 살 정도라면
아무리 많아도 칠십 번쯤
삼십 번, 사십 번인 사람도 부지기수
어쩌면 그토록 적은지
더욱더 더욱더 많이 본 듯한 기분이 드는 건
조상들의 시각도
섞여 들어와 겹쳐지고 안개가 드리워진 때문이겠죠
화려한 듯, 요염한 듯, 으스스한 듯
그 어느 쪽이라고도 말하기 힘든 꽃의 빛깔
눈보라처럼 흩날리는 벚꽃 아래를 거니노라면
순간
명승名僧처럼 깨닫게 됩니다
죽음이야말로 일상,
삶은 소중한 신기루임을

두 번 다시는

두 번 다시는
돌아오지 않는 시간
사람들은 어쩜 이리도 아무렇지 않게
집을 나서는 걸까
저녁이 되면
언제나처럼 돌아온다
아무 일도 없었다는 듯
대문을 밀치고
사뿐히

그리고
두 번 다시는

물음

인류는
이미 속수무책의 늙은이일까
아니면
아직도 창창한 젊음을 구가하고 있는 걸까
그 누구도
대답하기 힘든
물음
모든 것에 시작이 있으면 끝이 있는 법
우리는
지금 과연 어디쯤?

쏴 하니 불어오는
초여름 바람이여

나무는 여행을 좋아해

나무는
언제나
생각하지
여행 떠날 그날을
한 곳에 뿌리를 내리고
움직이지 않고 서 있으면서

꽃을 피우고 벌레를 불러들이고 바람을 유혹하여
결실을 서두르며
살랑살랑 흔들리고 있어
어딘가 먼 곳으로
어딘가 먼 곳으로

마침내 새가 열매를 쪼아 먹고
들짐승이 열매를 베어 먹으면
배낭도 가방도 여권도 필요 없는 거야
작은 새의 배나 그런 걸 빌려
나무는 어느 날 홀쩍 여행길에 오르지 — 하늘로
약삭빠르게 배에 올라탄 나무도 있다네

툭하고 떨어진 씨앗이
「좋은 곳이군. 호수가 보여」
한동안 이곳에 머물러야지 하고
작은 묘목이 되어 뿌리를 내린다
원래의 나무가 그랬듯이

분신인 나무 또한 꿈꾸기 시작한다
언젠가 여행 떠날 그날을

나무둥치에 손을 대고 있으면
가슴이 아릴 정도로 느낄 수 있다
나무가 얼마나 여행을 좋아하는지를
방랑을 향한 동경
표박漂迫을 염원하며
얼마나 몸을 비틀고 있는지를

학

학이
히말라야를 넘는다
불과 며칠간의 상승 기류를 포착하여
말려 가듯 날아오르고 또 날아오르며
9천 미터 가까이 우뚝 솟은 험준한 히말라야 산계山系를
넘는다
까~악깍 서로 울음소리를 주고받으며
어떻게 우두머리를 정하는 걸까
어떻게 저토록 멋진 대열을 이루는 걸까

선선한 북녘 땅에서 여름의 번식을 마치고
이제 갓 자란 새끼들을 모두 데리고
월동지 인도로 목숨 건 여행
그 모습이 영상에 잡히기까지는
그 누구도 상상하지 못했다
하얗게 눈 덮인 히말라야 산계.
꿰뚫을 듯 파아란 하늘
멀리서도 필사적인 날갯짓이 보인다

무슨 신호라도 되는 듯
순백의 손수건을 힘차게 흔드는 듯한
청렬淸洌한 날갯짓
날개 치고
날개 치며
>

내 안에 가까스로 남겨진
맑고 투명한 그 무언가가
격렬히 반응하며 살며시 물결친다
지금도
눈을 감으면
눈앞을 나는
아네하학*들의 무구한 생명
그 무수한 반짝거림

       (1993년 1월 4일 방영 「NHK 세계의 지붕 네팔」)

＊ 아네하학(아네하즈르, 姉羽鶴): 쇠재두루미. 현재 확인된 조류 중에서 가장 높이 나는
새로 알려져 있으며, 히말라야 산맥을 넘어 월동하기도 한다.

웃어 봐

갑자기 빛나는 세계가
길고 긴 터널 저편에 두웅글게 펼쳐진다
자 나오는 거야
빠져나오는 거야
들꽃이 일대에 하늘하늘 흔들리고
바람도 불어와 향기 가득한
빛이 반짝이는 저쪽 세계로
자~

이 이야기를 해 준 건
아슬아슬하게 죽음 직전까지 갔다가 회생한 사람
누군가가 이름을 불러
끈질기게 불러
도로 끌려 돌아온 것이다
의식이 돌아오기 직전까지 짜증스러웠다고 한다
시끄럽군
탁 하고 등 한 번 밀어 주기만 했더라면
저쪽으로 갈 수 있었는데
아아, 바보!

문득 떠오르는 아주 오래된 우화
옛날 서역西域에 아름다운 처녀가 있었다고 한다
진晉나라 왕이 원정 도중에
우격다짐으로 약탈해 말 위에 태웠다
처녀는 오열로 옷깃이 흠뻑 젖었고

어떻게 되는 건지 불안하고
어디로 가는 건지 전혀 알 수 없어
고향을 그리워하며 눈물지었다
울며 울며 끌려가서 서울에 다다르자
산해진미, 입고 싶은 옷 천지
왕의 부인이 되어 총애를 받았다는 이야기
"어머나, 이런 거라면 우는 게 아니었는데."
매혹적인 눈매, 예쁘고 요염했던
그녀의 이름은 여희驪姬
"어쩌면 죽음도 이런 것일지도"
일찍이
그 어떤 종교의 책에서보다도 마음의 위로를 받았던
장자의 시선視線 *

바로 이쪽이야말로 지옥인 건 아닐까
그게 아니라면 어째서 이토록
조마조마 갈팡질팡해야 하는지
시간이라는 차車에 들볶이며
고통으로 끝없이 농락당하고
힘껏 싸우다가
고역苦役 완료
무죄 방면
그런데 왜지?
미련이 남은 듯 뒤돌아보고 뒤돌아보는 걸까
죽어 가는 사람들이여
험한 일들이 창궐하는 미개한 땅이라도
오래 살았던 곳이기에 그리운 건가?
아직도 고역이 남은 이 몸은

그 의문을 향해 이렇게 외쳐 본다

저기 말이야
웃어 봐!
저쪽에서
여희처럼
시원 상큼하게

---

* 이 시는 장자의 『제물론』에 나오는 「여희의 눈물과 웃음」을 소재로 쓴 시이다. 여희는
중국 진(晉)나라 헌공(獻公)의 아내였다.

4부

연가

단 한 사람

한 남자를 통해
많은 이성과 만났습니다
남자의 상냥함도, 무서움도
연약함도, 강인함도,
어느 정도의 한심함, 교활함도
많은 것을 일깨워 준 엄한 선생님도
귀여운 어린애도
아름다움도
믿기지 않는 실수까지도
보여 주려 한 건 아니지만 전부 보여 주셨습니다
이 얼마나 풍요로운 일인가요
많은 남자를 알면서
끝내 한 사람의 이성조차 만나지 못하는 여자도 부지기수인데

역

아침마다
시부야^{渋谷}역을 지나
다마치^{田町}행 버스를 탄다
기타사토^{北里} 연구소 부속병원
거기가 당신의 일터였다
거의 육천오백 일을
하루에 두 번씩
거의 만삼천 번을
시부야역 통로를 힘껏 밟으며

많은 사람에게
밟히고
밟혀서
모든 계단과 통로가
조금은 휘어져 있는 듯한
이 안에
당신의 발자국도 있겠지
눈에는 보이지 않는 그 발자국을
느끼며
그리워하며
이 역을 지날 때

산봉우리 사이사이로
스며나오는 안개처럼
내 가슴의 갈비뼈 언저리에서

한숨처럼 솟아나오는
슬픔의 운연雲烟

썰매

역에서
내려섰을 때
눈이 너무나 깊이 쌓여
버스도 자동차도 눈에 띄지 않았다
썰매 한 대를 발견하곤 부탁을 해서
당신은 나를 혼자 타게 하고
집까지 먼 거리를 달리게 했다

이 눈 고장이
당신의 고향
나이 드신 부모님이 계신 집
그곳까지의 거리는 멀었고
집들은 모두 문을 꼭꼭 걸어 잠근 채
고요 속에 잠겨 있었다
눈은 이미 멎었고
푸른 달빛 속을
오로지 질주하는 썰매
그 옆에서 같이 뛰는 당신의 숨소리와
두 마리 개들의 숨소리
그리고 썰매를 모는 사람의 검은 뒷모습

그로부터 이십 년이 지나
이번엔 당신이 병실이라는 네모난 썰매 상자에 갇힌 채
나는 오로지 앞만 보며 달렸다
당신 옆을 지키며, 숨을 헐떡거리며.

그때 만약
내가 쓰러졌다면
함께 갈 수 있었는지도,
앞뒤 생각 안 하고
모든 것 다 팽개치고
둘이서 함께 달려갈 수 있었는지도

왜 그러지 못했을까

이 세상에서 저 세상으로
경계를 넘는다는 의식도 없이
백백애애^{白白皚皚}한 세계를
푸른 달빛 속으로

샘

내 안에
피어 있던
라벤더 같은 건
모두 당신에게 바쳤습니다
그래서 이제 향기로운 건 무엇 하나 남은 것 없고

내 안에서
흘러넘치던
샘물 같은 건
당신의 숨이 끊어졌을 때 한꺼번에 분출해 버려
지금은 마를 대로 말라 버려 이젠 눈물 한 방울 흐르지 않는답니다

다시 만나는 그날
또다시 향기가 날까요, 오월의 들판처럼
또다시 흘러넘칠까요, 루루드의 샘*처럼

* 프랑스의 피레네 산맥 기슭에서 솟아나는 루루드의 샘은 성모 마리아의 강림이라는
기적으로 성지가 된 곳이다. 지금도 루루드에는 병자의 심신을 치유하는 기적의 물을
얻기 위해 세계 각국에서 찾아오는 순례자의 발길이 끊이지 않고 있다.

길모퉁이

낮에도 밤에도 항상
얼굴을 마주하는
오래된 아내인데도
약속 장소에
무얼 그리도 허겁지겁
기쁨을 감추지 못하고 걸어오는지

내 모습을 발견하곤
이쪽이 쑥스러울 정도로
함박웃음을 지으며
이곳저곳의 길모퉁이에
흩어지다가
여전히 피어 있는
당신의 웃는 얼굴

여러 거리의 길목 길목에
칠 년의 세월이 지나도 풍화되지 않고
아니 오히려
지금 막 피기 시작한 장미처럼
나 하나만을 향해 한층 더
새롭게, 부드럽게 피어나는 꽃들

점령

모습이 흔적도 없이 사라져 버리면
그걸로 끝, 마침표(period)!
사람들은 그렇게 생각하는가 봅니다
참 이상도 하지요, 어쩌면 그리도 무딘지

모두들 보이지 않는 모양입니다
내 곁에 당신이 있어
전보다 더 격렬히
점령되어 버렸다는 사실이

연가

육체를 잃고
당신은 한층 더 당신이 되었다
순수한 원액의 술^{原酒}이 되어
더욱더 나를 취하게 한다

사랑에 육체는 필요 없는 건지도
그러나 지금, 긴 긴 세월 사무치는 이 그리움은
육체를 통해서밖에
끝끝내 얻을 수 없었던 것

얼마나 많은 사람이
힘들게 통과해 갔던 걸까
이 모순의 문을
혼란스러워하며 눈물지으며

짐승 같은

짐승 같은 밤도 있었다
인간 또한 짐승이지 하고
절절히 깨닫는 밤도 있었다

깨끗한 시트를 빳빳하게 깔아 놓아도
침실은 낙엽을 긁어모아다 만든
너구리 소굴과 진배없다

친숙한 움막
자면서 흐트러지고 빠진 머리카락
두 마리 짐승 냄새 풍겨 오고

무슨 연유인지 무슨 연유인지 어느 날 홀연히 상대가 사라지고
나는 멀뚱히 인간이 되었다
그냥 인간만이 되어 버렸다

꿈

부드러운 무게
몸 여기저기에
새겨지는 당신의 징표
천천히
신혼의 날들보다 조급하지 않게
부드럽게
집요히
나의 전신을 적셔 온다
이 세상 것이라고는 여겨지지 않는 충만감
마음껏 몸을 열고
받아들이고
자신의 목소리에 문득 눈을 뜬다

옆 침대는 텅 비었는데
당신의 기척은 가득차 있고
음악 같은 것마저 울려 퍼진다
여운
꿈인지 생시인지 모른 채
몸에 남은 건
슬프기까지 한 청아함

살며시 몸을 일으켜
날짜를 세어 보니 사십구재*가 내일인 밤
당신다운 인사네요
천만의 생각을 담아

무언^{無言}으로 전해준 인사
어떻게 받아들이지 않을 수 있겠어요
사랑받고 있다는 것을
이게 이별인지
시작인지도
모른 채

---

* 불교에서 사람이 죽은 날부터 7일마다 7번에 걸쳐서 49일 동안 개최하는 기도 의식으
로 망자의 명복을 빌고 좋은 곳에서 다시 태어나기를 기원한다.

밤의 정원

흘러오는 향기에
꽃들이 피어나기 시작했음을
비로소 알아차린다
정원의 금목서* 한 그루

꽃송이 하나하나가
크림색에서 울금색으로
순식간에 색을 바꾸며
요염한 방향芳香을 아낌없이 뿜어낸다

엉뚱한 데가 있었던 당신은
헤어 토닉과 셰이빙 로션을
빈번히 착각하고
바르는 사람이기도 했기에
밤기운에 감도는 그윽한 꽃향기에 이끌려
이 세상과 저 세상을 가르는
투명한 가을의 회전문을 밀고
홀연히 이쪽에 나타나는 일이 없지도 않을 것이다

모직으로 짠 기모노를 입고
어? 어떻게 된 거지?
라는 듯
머리를 쓸어 올리며

그걸 눈치채고도

이쪽은 모르는 척
놀라지 않게 자연스럽게
말을 건네죠, 마치 어제 만나기라도 한 듯이

그게 말이에요, 어느새
이렇게 큰 나무가 되어 꽃들이 하나 가득 피었어요
처음 심었을 즈음엔 대여섯 송이 헤아릴 정도였는데
이것 봐요 꽃들이 이렇게 하나 가득 떨어져 있네요

그리곤 틈을 봐서
살며시 당신 기모노의 허리끈을 꼭 붙잡고
함께 휙 하고 공중제비를 돌아
이번에야말로 같이 가는 거예요

이쪽에서 저쪽으로
자그마한 이 정원 어딘가에
그런 회전문이 숨겨져 있을 것 같아
떠나지 못하는 밤의 정원

---

* 금목서(金木犀): 물푸레과의 정원수로 가을에 주황색에 가까운 짙은 황금색 꽃을 피
우며 모과향과 비슷한 그윽한 향기가 난다.

서둘러야 해요

서둘러야 해요
조용히
서두르지 않으면 안 돼요
감정을 가다듬고
당신 있는 곳으로
서둘러야 해요
당신 곁에서 잠드는 것
두 번 다시 깨지 않을 잠을 자는 것
그것이 우리들의 마지막 성취
도달할 목적지가 있다는 게 얼마나 고마운 일인지
천천히
서두르고 있답니다.

세월

진실을 알아차리기 위해서
이십오 년이란 세월은 너무 짧았던 걸까
아흔 살의 당신을 떠올려 본다
여든의 나를 떠올려 본다
둘 중 하나가 노망이 들거나
둘 중 하나가 지쳐 버리거나
아니면 둘 다 그렇게 되어
영문도 모른 채 서로를 증오하는 모습이
언뜻 머릿속을 스친다
그게 아니면
복스러운 영감과 할멈이 되어
이제 갑시다 하며
서로의 목을 조르려 하지만
그 힘조차 없어 엉덩방아를 찧고 있는 모습이.
그렇지만
세월만은 아니겠죠
단 하루의
번개와도 같은 진실을
부둥켜안고 꿋꿋이 살아가는 사람도 있는 걸요

옛 노래

오래된 지인은
붕대를 감기라도 하듯
조용히 말한다
"아주 먼 옛날부터 인간은 다 이렇게 살아온 거지요"

순순히 고개를 끄덕인다
포기할 수 없었던 것들을
모두 어떻게든 인정하고
받아들여 왔던 거지요

지금처럼 옛 노래가 그립고
몸속 깊숙이 스며온 적이 없어라
작자 미상의 만가挽歌*조차도
눈 녹은 물처럼 부드럽게 스며 오고

청렬淸冽한 물줄기에 뿌리를 적시는
나는 물가의 한 줄기 미나리
나의 보잘것없는 작은 시편도
언젠가 누군가의 슬픔을 조금은 씻어주는 일도 있으려나

* 만가는 죽은 사람을 애도하는 시로 일본에서 가장 오래된 노래집인 『만요슈(万葉集)』에 200여 수가 수록되어 있다. 이바라기는 일본의 시가문학 중에서 『만요슈(万葉集)』에 가장 큰 애착을 가졌다.

5부

시슈^{詩集}와 시슈^{刺繡}

방문

말 하나가
찾아와
의자에 앉네
요!

내 머릿속
작은 의자에
때론 서넛을 데리고 와
벤치 앞에 나란히 선다. 어디에서 온 걸까?

수상쩍긴 하지만 차 따윌 대접하면
대화가 시작된다
다듬어지지 않았지만, 어라— 매력이 있네!
조금 환대를 해 주지

눈 깜짝할 사이에 그들의 동료가 잔뜩 모이고
고구마 덩굴마냥 줄줄이
말이 말을 불러들여
마술을 보는 것처럼 넘쳐흐른다

방약무인*
그들에겐
잠깐 동안의
비둘기장인 셈이다
>

음부音符가 사람을 방문할 때도
이런 식인 걸까
그들이 오지 않았다면
내 가슴 속의 현弦도 울리지 않았을 것이다

어딘가로
일제히 날아오른 후
시 한 줄이
출구를 찾기 시작한다

* 방약무인(傍若無人): 주위에 있는 사람을 전혀 개의치 않고 제멋대로 행동함.

왁자지껄한 와중에

말이 너무 많다
라기보다
말이라고 할 만한 것이 너무 많다
라기보다
말이라고 할 수 있을 만한 것이 없다

이 불모, 이 황야
왁자지껄한 와중에 망국^{亡國}의 전조
허전하네
시끄럽네
얼굴이 뒤틀리네

때론
한껏 충전된
밖을 향해 활짝 열린 산뜻한 일본어에 봉착하곤
몸을 떨며 기뻐하는 나의 반응을 보면
하루하루 침범해 오기 시작하는
얼굴을 뒤틀리게 하는 이 적료함도
그 나름의 이유는 있으리라

안테나는
끊임없이 수신하고 싶어 한다
깊은 희열을 주는 말을.
사막에서 한 잔의 물을 손에 넣은 듯한,
까마득히 잊고 있었던 것을
순식간에 떠올리게 해 주는 그런 말을

듣는 힘

사람들 마음속의 호수
그 심천深淺 *에
멈춰 서서 귀 기울이는
일이 없다

바람 소리에 놀라거나
새소리에 정신 팔리거나
홀로 귀 기울이는
그런 몸짓에서도 멀어져 갈 뿐

작은 새들이 나누는 대화를 알아들은 덕분에
오래된 수목을 고난에서 구해 주고
예쁜 처녀의 병까지 고쳐 주었다는 민화
키키미미즈킨*을 가지고 있었던 동족

그 후예는 지금 자기 일에만 무아지경
불그레한 혀만이 빙글빙글 헛돌고
어떻게 구슬려 볼까
어떻게 압도해 볼까 하는 생각으로 가득할 뿐

그러나
어떻게 진정한 말이 될 수 있겠는가
타인의 말을 조용히
받아들이는 힘이 없다면

* 심천(深浅): 깊음과 얕음.
* 키키미미즈킨: 마음씨 착한 할아버지가 새의 말을 알아들을 수 있는 두건을 손에 넣어 그 두건을 쓰고 새들에게서 들은 정보로 수목과 사람을 구했다는 일본의 옛날이야기.

저 녀석

"저 녀석 말은 썩었어!"
붐비는 사람들 사이를 지나다가
누군가가 토해낸 대사가 귀에 박혔다
그 녀석이 어떤 놈인지는 모르지만
나는 즉시 깨달았다, 그 내용도 모른 채
"그래, 저 녀석 말은 썩었어."

왜냐하면 하루하루
썩은 말들에 목까지 잠겨
울분을 토할 길 없고
자신의 말에서조차 그걸 느끼곤
몸서리칠 때가 있기에
저 녀석이 누구라도 매한가지다

감정의 말라깽이

마르고 싶어 마르고 싶어
너무도 생각한 나머지
감정마저 도려낸 걸까

감정의 말라깽이는 쓸쓸한 법
그런 쓸쓸함이 불어나
말을 하고 있어도 으스스 으스스

예전에 눈 내리는 날 방문했던 집에
한 폭의 족자가 걸려 있었다
마치 우연처럼

타로를 잠재워라 타로의 지붕에 눈이 내려 쌓인다
지로를 잠재워라 지로의 지붕에 눈이 내려 쌓인다*
그건 주인이 베풀어 준 더할 나위 없는 진수성찬이었다

왜 이걸
떠올린 걸까
신록의 나뭇잎에 바람이 스쳐 지나가던 날

---

* 미요시 다츠지(三好達治, 1900~1964)의 시 「눈(雪)」(시집 『측량선(測量船)』 수록)에서
  인용함.

꽃 게릴라

"그때 당신은 이렇게 말했죠."
그리운 친구가 오래 전에 해 줬던 말을 끄집어내며
"나를 바르게 서게 해준 소중한 한마디였어요."라고 한다
그런 말을 했던가, 흠, 잊어버렸네

"네가 어느 어느 날, 어느 어느 때 그렇게 말했어."
지인 한 명이 좋아하는 반지를 집어 올리듯
살며시 끄집어내지만, 이번엔 이쪽이 기억하지 못한다
그런 아니꼬운 말을 했던가

저마다가 잡은 먹잇감을 가지에 걸쳐 놓고
떡 하니 잊고 만 때까치인 것이다
생각건대 말의 보관소는
서로서로 타인의 마음속

그렇기에
살아남는다
천 년 전의 사랑 노래도, 칠백 년 전의 이야기도
먼 나라, 먼 옛날의, 죄인의 투덜거림조차도

어딘가에 꽃 게릴라라도 있는 걸까
주머니에 씨앗을 숨기고, 시침 뚝 뗀 얼굴로
저쪽에서 후르르, 이쪽에서 르르후!
생각지도 못한 곳에서 이종異種의 꽃을 피운다

눈동자

우리들의 일은 보는 것,
단지 가만히 보고 있는 것이죠

만년의 가네코 미츠하루*가 불쑥 말했다
아직 젊었던 내 가슴에 그 말은 잘 와닿지 않았다

보는 것, 단지 보는 거라고?
무엇 하나 움직이지 않고? 혼자 조용히 중얼거렸다

이제야 사무치게 와닿는다, 그 깊은 의미가
보는 사람은 필요하다, 그저 가만히 보고 있는 사람

그 수는 적어도 그런 눈동자가
여기저기서 반짝반짝 빛나지 않았다면 이 세상은 칠흑의 어둠

하지만 얼마나 어려운 일인가, 자신의 눈으로
그저 가만히 보고 있는 일조차도

✳ 가네코 미츠하루(金子光晴, 1895~1975): 일본의 근대 시인. 반평생을 유랑 생활을 하
였으며 사회를 비판하는 시를 다수 남김.

기억에 남는

기억에 남는 말은
어쩜 이리도 적을까
모두 새어 나가 어디로 가는지도 모른 채 흘러가 버린다

꽤나 커다란 그물을 쳐 두었는데
꽤나 큰 그물을 던져 두었는데도
걸려드는 말은 왜 이리도 빈약할까

망보는 사람이 멍청한 탓일까
아니면 잡았다 놓쳐버린 걸까
그런 겸손은 내려놓자

최근의 획득물이라고 하면
옥타비오 파스*의
섬광과도 같은 생생한 한 구절

　　—오늘날 시를 쓴다는 건 너무도
　　　상업주의적으로 변해 버린 사회와의 투쟁의 일종이기도 하며
　　　말을 질적인 저하에서 지키는 것과도 같은 일

* 옥타비오 파스(Octavio Paz, 1914~1998): 멕시코의 시인, 1990년에 노벨문학상을 수상함.

사행시

커피 한 잔도 안 되는 은화로
오마르 하이얌*의 사행시집 『루바이야트』를 산다
오마르라니 참으로 희한한 이름*
전편이 거의 다 술에 관한 시, 왠지 정겨운 페르시아의 옛 노래

술을 망우물忘憂物이라 이름 붙인 건
어느 시대의 그 누구였을까
나의 근심은 깊고 깊어 잊을 길이 없다
보드카로도, 라오주老酒로도, 막걸리로도

이쪽을 잡아당기면 저쪽이 모자라고
저쪽으로 옮겨 보면 이쪽이 비어 버리고
어떻게 해 보아도 이치가 맞지 않는 세상
어린 아이처럼 모순의 시트를 서로 끌어당겨 보지만

망연히 보내 온 일생
둘을 얻으려다 하나도 얻지 못한 인생
핏발 선 눈으로 무언가를 추구했던 생애
그것들이 하나같이 다 거기에서 거기라면

태어날 땐 어떤 고통도 느끼지 못한 채
언제 그랬냐는 듯 두 발로 섰건만
죽을 때는 너무도 가혹한 육체의 형벌
이건 아니잖아, 무얼 위한 함정?
>

그렇지만 걱정 안 해도 돼
죽음을 피해 간 사람은 지금까지 단 한 명도 없었고
천 년을 살며 유랑하는
그런 끔직한 벌을 받은 사람도 없었으니까

어느 나라 낙서집에
한 여학생이 익명으로 적었다
「이 세상에는 손님으로 온 거니까
맛없는 것도 맛있다고 하며 먹어야 해」

* 오마르 하이얌(Omar Khayyām, 1048~1131): 페르시아의 시인, 천문학자, 수학자.
* 어린이나 노인을 위한 휴대용 변기를 일본어로 오마루(御虎子)라고 한다.

시슈^{詩集}와 시슈^{刺繡}

시슈^{詩集}* 코너는 어디죠?
용기를 내어 물어 보니
서점 점원은 곧바로 안내해 주었다
「시슈」 즉 자수책들로 가득한 한쪽 코너로

그곳에서 문득 알아차렸다
시슈^{詩集}와 시슈^{刺繡}
둘 다 똑같이 「시슈」이니
그가 틀린 건 아니라는 걸

그런데
여자가 「시슈」에 대해 물으면
시슈^{刺繡}라고 단정하는 건
옳은 건가 틀린 건가

고맙다고 말하고
보고 싶지도 않은 도안 책자 등을
쓱쓱 넘기는 처지가 되어
이미 시슈^{詩集}를 찾아볼 의지는 꺾이고 말았다

두 개 「시슈」의 공통점은
둘 다
누가 봐도 천하에 무용지물이라는 것
그렇다고 절대로 멸종시킬 수도 없는 것

설령 금지령이 내려진다고 한들

속옷에 수를 놓는 사람은 없어지지 않을 것이고
말로 무언가를 감치려 하는 사람을 근절시킬 수는 없는 법
이렇게라도 생각해야지 뭐— 하고 히죽 웃으며 서점을 나왔다

---

* 일본어로 시집(詩集)과 자수(刺繡)는 둘 다 '시슈'라고 읽는 동음이의어이다.

두 명의 미장이

집으로 와 준 미장이
장발에 콧수염
흰색 바탕에 감청색 용이 춤추는 일본 수건 몇 장으로
앞이 트이고 목이 둥근 셔츠를 만들어 입고 있다
이쪽저쪽을 비늘처럼 날아다니는 모습
호협한 멋과 패션의 혼연일체
방심할 수 없는 뛰어난 감각
작업 발판을 디디고 다가온 그가
창문 너머로 내 책상을 슬쩍 엿보곤
"사모님 시는 저도 이해할 수 있답니다"라고 말한다
이보다 기쁜 말이 있을까!

19세기 차이콥스키가 여행을 하다가
한 미장이가 흥얼거린 민요에 넋을 잃고
단숨에 그 자리에서 악보로 적었다.
안단테 칸타빌레의 원곡을
흥얼거렸던 러시아의 미장이
그는 어떤 복장 어떤 모습을 하고 있었을까

6부

이웃나라 말의 숲

장 폴 사르트르에게
— 『유대인』을 읽고

어느 마을의 정겨운 풍속처럼
나는 언제나 머리 위에
커다란 바구니를 이고 있다

바구니 속은 몇 개의 의혹으로 가득 차 있다
발효하는 빵과 같은 것
막 익기 시작한 과일
쭈글쭈글해진 대추 열매
막 잠에서 깨어나 아직 비몽사몽인
게으른 꽃 봉우리 같은 것으로 가득차 있다

늦은 봄의 해질 녘
한 권의 얇은 책 『유대인』*을 읽고 나서
조용히 눈을 내리뜨면
돌연 바구니 속 의혹 하나가
멋지게 터진다, 석류처럼

유대인들은 왜 박해를 당하는가
유대인들은 왜 미움을 사는가
유대인들은 왜 금화에 입술을 맞추는가
열렬하게, 농후하게, 거의 성적性的으로
그리고는 쓸쓸히……
소박한 그러나 사라지지 않는 의혹이
한꺼번에 폭발한다
>

그리스도를 빛내기 위해 오랜 세월 어두운 그림자 역할을
맡아온 그들,
무슨 일이라도 생기면 가장 먼저 희생양이 되는 그들,
해방의 노래가 울려 퍼질 때는
투쟁했던 그들은 까맣게 잊힌다
어떤 조작에도 용해되지 않는, 마음에 걸리는
성가신 그 어떤 결정結晶!
늘 고통받고 쫓겨 다니고
공동의 기억을 갖고 있지 않다는 이유로,
역사를 가지지 못했다는 이유로,
가장 오래된 민족은 가장 새롭게 생겨난 민족으로서
온 세계를 방황하며 돌아다녔다
인간성이라고 불리는 것의 어둡고 어두운 손이
무의식으로 작용해서 낳고 기르고
내쳐 버린 표적, 유대인
「잘 안되는 건 모두 저 녀석 탓이다」

조선인들은 대지진이 난 도쿄에서
왜 죄 없이 살해되었는가*
흑인 여학생들은 왜 칼리지에서
공부할 수 없는지
우리들조차 누군가에게는 유대인으로
치부되는 건 아닌가
나는 한 번에 알 수 있다
연쇄적으로 일어나는 참혹한 사건의 가지가지를

사르트르 씨
나는 당신을 깊이 알지는 못 합니다

유대인이 살아가는 모습도, 표정도 친근한 것은 아닙니다
인간에 대한 전율이 또 하나 불어났지만
어쨌든 지금 내가 느끼는 건 순수한 하나의 기쁨!

현실의 수염이 이것 때문에
꿈틀하는 일 따윈 없을지라도
이건 반드시 좋은 일임에 틀림없지요
1947년 당신이 파리에서 집필한
「유대인 문제에 대한 고찰」이
1956년
매일 아침마다 빨래를 만국기처럼 널고 있는
나의 생활 속에
전해졌다는 사실이

---

* 이바라기는 사르트르의 『유대인』(1947)을 읽고 이 시를 썼다. 이 책은 유대인 문제에 대한 예리한 분석과 강렬한 비판으로 정평이 나 있다.
* 일본 간토(関東) 지방에서 일어난 대지진으로 40만여 명의 사상자가 발생했다. 사회 불안을 이용한 악성 루머로 도쿄에서 수천 명의 한국인이 학살되었다.

칠석

이슥한 밤
저 멀리 상수리 숲 언저리에
작은 등불이 가물거리는 것이
마치 아다치가하라*의 오두막처럼 매혹적이다
무사시노武藏野라는 이름이 살아 숨 쉬는 수풀 무성한 길
이곳에 오면 아직도 수많은 별들을 만날 수 있다
은하수에는 잔물결이 일고
강기슭엔 견우성과 직녀성이
오늘 밤에도 어쩐 일인지 깊이 숨죽이고 있다

"당신들! 내 뒤를 따라온 거야?"
갑자기 풀숲에서 붉은 구릿빛 알몸뚱이가 튀어나와 위협한다
훅 하고 풍기는 소주 냄새
나는 흠칫 방어 태세를 취한다
방어 태세를 취하는 건 얼마나 나쁜 버릇인가

"오늘 밤은 칠석이잖소
별을 보러 왔지요."
남편의 목소리가 너무도 태평하게 어둠 속을 흐른다
"치일석?
칠석…… 아아 그랬군
난 또, 내 뒤를 쫓아왔나 싶어서……
이거…… 실례했습니다."

그는 마법의 「키오의 집」* 사람이었다

몇 세대가 살고 있는지
다 쓰러져 가는 집을 드나드는 사람들은
언제나 수수께끼 같아서 그 수를 헤아릴 수가 없다
눈꼬리가 치켜 올라간 귀여운 소년이 하나 있었는데
어느새 그 아이도 중학생이 되어 나타났다
개조차 낯선 이의 접근을 막으며 맹렬히 짖어 대고
무더운 한여름 밤 축시丑時가 되면
으레 펼쳐지는 조선말의 화려한 싸움,
벼랑 끝 홀로 덩그러니 서 있는
그 집 근처까지 오고 말았다

「오늘 저녁 내리는 비는 견우성이 바삐 배 저어 건너올 때
노에 이는 물보라인가」*

기원전부터 생겨나 서서히 모양을 갖춰 온
한민족漢民族의 아름다운 옛이야기
일찍이 만요万葉 사람들이 사랑했던 소재도
기원을 따지면 저 멀리 고구려, 백제를 거쳐
전해져 온 것이 아니었던가
문자며 직물이며 철이며 가죽이며 도자기며
말 사육이며 그림이며 종이며 양조 기술이며
바느질하는 사람이며 대장장이며 학자며 노예까지
얼마나 많은 것들이 전해져 왔던가
옛 은사恩師의 후예들은
이제는 이곳저곳에서 아무렇지도 않게 경원시되고
한여름 밤 저녁 바람을 쐬러 나온 사람조차 미행인가 하고 두려워
한다

　　>

칠석이라는 말 한 마디에 갑자기 온순히 등을 보이며
되돌아가는 잠방이 차림의 아저씨
내 마음은 까닭 모를 슬픔으로 가득하다
차가운 은하를 올려다볼 때마다
이제부턴 틀림없이 나를 휘감으며 놓아주지 않겠지
온몸에서 풍기던 강한 소주 냄새가
훅 하고

* 아다치가하라(安達が原): 일본 후쿠시마(福島)현에 있는 아다치가하라는 인간을 잡
  아먹는 노파의 무덤이 있는 곳으로 유명하다.
* 키오는 소련 마술사로 그가 일본에서 공연했을 때 무대 위에 마련된 작은 집에서는
  생각지도 못한 많은 사람들이 나오고 들어갔다고 한다.
* 8세기에 편찬된 일본에서 가장 오래된 노래집 『만요슈(万葉集)』에는 칠석을 읊은 노
  래 132수가 수록되어 있는데 그중에서 하나를 인용한 것이다.

얼굴

전차 안에서 여우와 똑 닮은 여자를 만났다
누가 뭐래도 여우다
어느 거리의 골목에서 뱀의 눈을 한 소년을 만났다
물고기라고 생각될 만큼 하관이 튀어나온 남자도 있고
티티새 눈을 한 할머니도 있고
원숭이를 닮은 사람은 널려 있다
한 사람 한 사람의 얼굴은
멀고 먼 여로^{旅路}
정신이 아찔해질 듯 아득한 도정^{道程}
그 끝자락에 피어난 한순간의 꽃이다

"당신 얼굴은 조선계야, 조상이 조선인이군"
이런 말을 들은 적이 있다
눈을 감으면 본 적 없는 조선의
맑게 갠 가을 하늘
그 투명한 푸르름이 펼쳐지고
"아마도 그렇겠지요."라고 나는 대답한다

뚫어져라 쳐다보고
"당신 선조는 파미르 고원에서 온 거야"
이렇게 단정적으로 말하는 걸 들은 적이 있다
눈을 감으면
가본 적도 없는 파미르 고원의 목초 향기
피어오르고
"아마도 그렇겠죠."하고 나는 대답했다

고마^{高麗} 마을*

밤꽃 흐드러지게 드리운 길
옛 고구려의 왕이 망명해 살았던 마을
기와를 굽고 들을 개간하고
결국 고향으로 돌아가지 못한 사람
지금도 지붕 처마의 곡선에 고향의 자취를
남기고 있는 자손들

* 이 시는 「오쿠 무사시(奧武蔵)에서」라는 시의 서두 부분이다. 일본에서는 예로부터
고구려를 고마(高麗)라고 불렀다. 나당연합군에 의해 고구려가 멸망하기 2년 전인
666년, 고구려의 왕족 약광(若光)은 일본에 외교사절로 파견되었다. 2년 후 고구려가
패망하자 그는 일본에 남게 되었고, 703년 야마토(大和) 조정으로부터 '고마노고기시
(高麗王)'라는 성씨를 받았다는 기록이 전한다. 716년에 일본 전역에 흩어져 살던 고
구려 유민 1,799명이 무사시노 지방에 이주하여 새롭게 고마군을 설립하였는데 이때
초대 군장으로 부임한 사람이 약광이다. 고마신사(高麗神社)는 약광을 신으로 받들
어 모시는 곳으로 지금도 그 후손들이 맥을 이어가고 있다.

다카마쓰 고분*

사각사각 울리는 대나무 숲 아래 자그마한 고분
아스카飛鳥의 처녀들과 별자리에 둘러싸인 채
석실에 잠들어 있던 건 누굴까
누군지 알 수 없다는 게 마음에 든다

깜박 잠든 목걸이는 라피스 라줄리의 빛깔
당장이라도 훔쳐 내와서 가슴에 걸고 싶어질 정도의 참신함
어두운 벽화관을 천천히 나서면
오래전부터 도래인渡來人들이 정착해 살았던 히노쿠마檜隈*마을들이
눈앞에 펼쳐진다

천년쯤은 한잠
꾸벅꾸벅 꿈속의 꿈
1980년의 청춘은 임대 자전거를 타고 돌아다니며
초여름 바람에 머리칼 휘날리며 간다

---

* 다카마쓰총(高松塚)은 일본 나라(奈良)현 다카이치(高市)군 아스카(明日香)촌 히라타(平田)에 있는 고분이다. 1972년 3월에 발굴 조사되었다. 일본 최초로 아름다운 채색 벽화가 발견된 고분으로 피장자는 백제의 왕, 또는 고구려의 왕족이라는 주장 등이 제기되고 있다. 고구려 고분군과의 유사성이 지적되고 있는데 여자군상의 복장은 고구려 고분 벽화에 그려진 부인복과 매우 닮아 있으며 천공도(天空圖)도 고구려에서 전래된 것일 가능성이 큰 것으로 알려져 있다. 7세기 말에서 8세기 초기의 무덤으로 추정되며 1971년 7월에 발견된 공주 무령왕릉, 1972년에 발견된 중국 후난(湖南)성 창사(長沙)시 우리패(五里牌)의 마왕퇴고분(馬王堆古墳)과 함께 크게 주목받았다.
* 이 고분이 위치한 다카이치 지구 서남쪽 일대를 히노쿠마 지역이라 부른다. 백제와 고구려에서 건너온 도래인들이 많이 거주하던 곳이다.

반복의 노래

일본의 어린 고등학생들이
재일조선인학교 고교생들에게 행패와 폭력을 가했다
집단으로, 참담한 형태로
허를 찔린다는 게 이런 것인가
머리에 후욱 하고 피가 끓어오른다
팔짱을 끼고 보고 있었단 말인가
그때 플랫폼에 있었던 어른들은

부모 세대가 해결할 수 없었던 일들을
우리도 수수방관하여
손자들 세대에서 반복되었다, 맹목적으로

다나카 쇼조田中正造가 백발 흩트리며
있는 힘껏 소리 높여 부르짖었던 아시오 광독 사건*
조부모 세대가 무책임하게 듣고 얼버무린 일들이
지금 확대 재생산되고 있다

사리분별 있는 어른들이여
꿈에도 생각하지 마라
우리가 힘에 부친 일들을
손자 세대가 해결해 주리라는 생각 따위
지금 해결 못 한 일들은 반복된다
보다 악질로, 보다 깊게, 그리고 넓게
이건 엄연한 법칙과도 같은 것이다

자신의 배에 국부마취를 하고
스스로 집도하여

자신의 병든 맹장을 적출한 의사도 있었어
실제로
이런 호걸도 있단 말이야

---

* 19세기 말 메이지 시대 도치기(栃木)현에서 발생한 유독 가스 유출 사건이다. 민권운
  동가이자 정치가였던 다나카 쇼조(1841~1913)는 아시오(足尾) 구리광산이 발생시킨
  광독 사건을 사회에 고발하며 이 일에 평생을 몸 바쳐 투쟁하였다.

이웃나라 말의 숲

깊은 숲
가면 갈수록
나뭇가지 얽히고설켜 깊디깊은
외국어의 숲은 울창하게 우거져 있다
대낮에도 어둡기만 한 오솔길, 홀로 터벅터벅 걷노라면
쿠리栗는 밤
카제風는 바람
오바케お化け는 도깨비
헤비蛇 뱀
히미츠秘密 비밀
키노코茸 버섯
무서워라 코와이こわい

입구 언저리에서는
마음이 마냥 들떠 있었네
모든 것이 그저 신기할 뿐
명석한 표음標音 문자와 그 청렬淸洌한 울림
히노히카리陽の光 햇빛
우사기うさぎ 토끼
데타라메でたらめ 엉터리
아이愛 사랑
키라이きらい 싫어
타비비토旅人 나그네

"지도 위 조선국에 새까맣게 먹칠을 해가며 가을 바람소리 듣노라"

메이지(明治) 43년 타쿠보쿠*의 노래
일본어가 일찍이 걷어차 버리려 했던 이웃나라 말
한글
지우려 해도 결코 지워 없앨 수 없었던 한글
용서하십시오 유루시테 구다사이*
땀을 뻘뻘 흘려 가며 이번엔 이쪽이 배울 차례입니다
그 어떤 나라의 언어도 정복할 수 없었던
강인한 알타이어계 언어의 하나인 한글의 정수(精髓)에
조금이라도 가까이 다가가고파
온갖 노력을 기울이며
그 아름다운 언어의 숲으로 들어갑니다

왜놈의 후예인 저는
긴장을 풀면
순식간에 한(恨) 응어리진 말에
잡아 먹혀 버릴 것만 같으니
그런 호랑이가 어딘가 분명히 숨어 있는지도 모르는 일
그러나
옛날 옛적 먼 옛날을
'호랑이가 담배 피우던 시절'이라고
예로부터 말해 온 익살스러움도 한글 아니고서는

어딘가 멀리서
웃으며 소곤거리는 소리
노래
시치미 뚝 떼며
엉뚱함 가득한
속담의 보고(寶庫)
해학의 숲
>

대사전을 베개 삼아 선잠을 자고 있노라면
"왜 이리도 늦게 들어왔느냐" 하며
윤동주가 부드럽게 꾸짖는다
정말 늦었습니다
그렇지만 어떤 일도
너무 늦었다고는 생각하지 않기로 하였답니다
젊은 시인 윤동주
1945년 2월 후쿠오카^{福岡} 형무소에서 옥사
그것이 당신들에게는 광복절
우리들에겐 강복절^{降伏節} *인
8월 15일을 불과 반년밖에 남기지 않은 때였다니
아직 교복을 입은 모습 그대로
순결만을 동결한 듯한 당신의 눈동자가 눈부십니다

— 하늘을 우러러 한 점 부끄럼 없기를 —

이렇게 노래하며
그 당시 감연히 한글로 시를 쓴
당신의 젊음이 눈부시고, 가슴 아립니다
나무 그루터기에 걸터앉아
달빛처럼 맑고 투명한 시 몇 편을
서투른 발음으로 읽어보지만
당신은 미소조차 짓지 않습니다
어쩔 수 없는 일
앞으로
어디까지 갈 수 있을는지요
갈 수 있는 데까지
가고 가다가 쓰러져 죽더라도 싸리 들판에*

* 이시가와 타쿠보쿠(石川啄木, 1886~1912): 일본의 단가(短歌) 시인.
* '용서하십시오'는 일본어로 '유루시테 구다사이(ゆるしてください)'이다.
* 광복절(光復節)과 항복절을 의미하는 강복절(降伏節)은 일본어로는 동음이의어로 모
  두 '코후쿠세츠'라고 읽는다.
* 마츠오 바쇼(松尾芭蕉)의『오쿠로 가는 여행(奧の細道)』에 나오는 제자 소라(曾良)의
  하이쿠(俳句). 스승 바쇼와 헤어져 혼자 여행길에 오른 소라는 가고 가다 쓰러지더라
  도 그곳이 싸리꽃 만발한 들판이라면 여한이 없겠노라고 노래하고 있다. 이바라기도
  일본인으로서 한글을 배우는 여정에서 많은 어려움에 직면하더라도 가는 데까지 가
  보겠다는 심경을 피력하고 있다.

총독부에 다녀오마

한국의 노인 중에는
아직도
변소에 갈 때
슬며시 허리를 일으켜 세우며
"총독부에 다녀오마."
라고 말하는 이가 있다고 한다
조선총독부로부터 호출장이 오면
가지 않고는 배길 수 없었던 시대
이러지도 저러지도 못하는 사정
그걸 배설과 연관 지은 해학과 신랄함

서울에서 버스를 탔을 때
시골에서 상경한 듯한 할아버지가 앉아 있었다
한복을 입고
검은 모자를 쓰고
소년이 그대로 할아버지가 된 것 같은
순박함 그 자체의 인상이었다
일본인 서너 명이 선 채로 일본어 몇 마디를 하는 순간
노인의 얼굴에 두려움과 혐오의 감정이
휙 하니 스쳐 지나가는 것을 보았다
천만 마디 말보다 강렬하게
일본이 저지른 일들을
거기서 보았다

그 사람이 사는 나라
— F.U에게 *

그 사람이 사는 나라

그건 사람의 온기를 지니고 있다
악수의 부드러움이며
낮은 톤의 목소리이며
배를 깎아 주던 손놀림이며
온돌방의 따스함이어라

시를 쓰는 그녀의 방에는
책상이 두 개
답장 못 한 편지들이 산더미처럼 쌓여 있어
남 일 같지 않았지
벽에 걸려 있는 커다란 곡옥曲玉 하나
서울 장충동 언덕 위의 집
앞마당에는 감나무 한 그루
올해도 가지가 휠 만큼 감이 열렸을까
어느 해 늦가을
우리 집을 방문해 주었을 때는
유리창 너머를 바라보며
황량한 마당이 운치 있다고 혼잣말처럼 조용히 말했지
비질을 하지 않아 낙엽은 바스락거리고
꽃들은 시들어 버린
황량하기만 한 마당은 집주인으로서는 수치였지만
다듬지 않은 있는 그대로의 멋을 즐기는 손님의 기호에는 들어맞
은 듯했다

일본어와 한국어를 섞어 가며
지나온 일들을 이야기하며
이쪽 양심의 가책을 덜어주기라도 하듯
당신과는 좋은 친구가 될 수 있겠다고 말해 주었지
솔직한 말투
청초한 자태

그 사람이 사는 나라

눈사태 같은 보도도, 흔해 빠진 통계도
그대로 받아들이지는 않으며
자기 나름의 조정이 가능한
그런 일들이 지구 여기저기서 일어나고 있으리라
각자의 경직된 정부政府 따윈 내버려 두고
사람과 사람의 사귐이
작은 회오리바람이 되어

전파는 자유롭게 날아간다
전파는 재빠르게 날아간다
전파보다 더디긴 하지만
무언가가 손에 잡히고
무언가가 되돌아온다
외국인을 보면 스파이로 생각하라
그런 식으로 배웠던
나의 소녀 시절엔
생각조차 못 했던 일

* 한국의 동년배 여성 시인 홍윤숙(1925~2015)을 추억하며 쓴 시이다.

7부

류리엔렌의 이야기

류리엔렌의 이야기

류리엔렌劉連仁*은 중국 사람
조문을 가야 할 일이 있어
지인의 집으로 향하던 중
일본군에게 붙잡혔다
산둥성山東省 차오보草泊라는 마을에서
1943년 9월, 어느 아침에

류리엔렌이 붙잡혔다
6척이나 되는 대장부
이 일대에서 호미를 쥐어 주면 최고로 일 잘하는 농부가
속수무책으로 붙잡혔다.
산둥성 남자들은 가혹하게 부려도 끄떡없다며
「중국인 노무자 이입방침華人勞務者移入方針」을 세워 놓은
이 일대가
일본군의 사냥터라는 사실을 모른 채

닥치는 대로 메뚜기라도 잡듯이
길거리마다 잡아 염주로 엮어서
가오미高密현에 도착할 즈음엔 그 수가 80명이 넘었다
아는 얼굴의 농부도 몇 명이나 있었는데
손이 밧줄로 감긴 채
침울한 얼굴을 서로 맞대고 있었다.
"비행장을 만들기 위해 데리고 간다고 하는데"
"1, 2개월만 있으면 돌려보낸다고 하는데"
"칭다오青島라고"

"칭다오?"

"못 믿겠어."

"어떻게 믿어?"

불신의 목소리가 파문처럼 퍼지고

끌려간 채 돌아오지 못한 사람들의 소문이

점점 잦아지는 벌레 울음소리에 뒤섞인 채

소곤소곤 사람들의 입에 오르내렸다

류리엔렌은 가슴이 아프다

갓 결혼한 젊은 아내는 앳된 앞머리를 하고

임신 7개월의 무거운 몸

자오위란^{趙玉蘭} 당신에게 알릴 방법은 없는가

내가 한두 달만이라도 없으면

우리집 앞의 밭은 어떻게 되는 거지

어머니랑 아직 어린 다섯 형제,

그리고 보리 파종을 하다가 만 360평 밭의 뒤처리는

지나가는 마을, 지나가는 거리

창문을 닫고, 문을 걸어 잠그고, 멸족한 듯한

수많은 마을, 수많은 거리, 고양이 새끼 한 마리 보이지 않고

창문 사이로 엿보며 떨고 있는 자들이여

내 얼굴을 기억하고 있다면 전해다오

계략에 빠져 연행되어 갔다고

아내 자오위란에게, 자오위란에게

뇌물을 갖고 몸값을 치르러 오는 여자가 있었다

그러나 자오위란은 오지 않는다

망보는 괴뢰군에게 얼마쯤 쥐어 주고

아들을 빼 내가는 노파가 있었다

166

그러나 자오위란은 아직 오지 않는다
뒤쫓아 와 봤지만 몸값을 낼 돈을 마련하지 못해
멀리서 남편을 바라보기만 하는 아내도 있었다
핏빛으로 물들며 지는 태양
석상처럼 우두커니 서 있는 여자들의 시선 속에서
800명의 남자들은 사라졌다

일행 800명의 남자들은
칭다오의 다강^{大港} 부둣가로 내몰려 갔다
검디검은 화물선 밑바닥
류리엔렌의 검은색 솜옷은 벗겨지고
군복이 입혀졌다
총검을 든 사람들의 감시하에 지문이 찍혔다
이건 노공협회^{勞工協會}에서 일한다는 계약을 맺었다는 것
그러나 사실은 종신 노예
그렇게 해서 모지^{門司}에 도착했을 때의 신분은 포로였다

6일간의 항해
달랑 한 개 주는 찐빵도 흐르는 눈물 때문에 먹을 수가 없었다
그날 아침……
고구마 하나 불쑥 집어들고
먹으면서 길을 걸어갔는데
만약 그날 천천히 집에서 아침밥을 먹고 나서
집을 나섰다면 악마를 비켜갈 수 있었을까
아니, 아내가 누벼 준 검은 솜옷
옷깃이 아직 달려 있지 않았기에
내가 싫다고 했는데
아내는 추우니까 입고 가라고 했다
그 사소한 싸움이 조금만 더 길어졌다면

붙잡히지 않을 수도 있었을까 메이파쯔*
나도 참 운이 나쁜 남자다……
뱃바닥 석탄 더미에 기대어
800명의 남자들이 가축처럼 현해탄을 건넜다

모지門司에서 200명의 남자들이 더 차출되어
이틀 동안이나 기차에 태워졌다
그곳에서 또 4시간의 항해 끝에
도착한 곳은 하코다테라는 마을
아니 다테하코라고 하는 마을이었나?
마을의 일본 사람들도 누더기를 둘러 걸치고 있었다
몸집보다 큰 짐을 등에 지고
개미처럼 목을 길게 뺀 난민들의 무리, 무리
류리엔렌은 그들보다 더 끔찍한 망자亡者였다
철도에서 일하는 사람들은 이 기괴한 군상을 종종 보았다
그리고 그들에게 이름을 붙였다, "죽음의 부대"라고.
죽음의 부대는 그곳에서 하루를 더 북으로—
이 세상 끝과도 같은 음침한
우료군雨竜郡의 탄광으로 내몰렸다

비행장이라니 말문이 막혔다
10월 말에는 눈이 내리고, 수목이 갈라지는 엄동 속에서
그들은 벌거숭이로 갱도에 들어갔다
아홉 명이 하나가 되어 하루에 석탄 차 50대 분량의 석탄을 캐는
것이 노르마
나무 말뚝 철봉 곡괭이 삽
맞고 또 맞아 생긴 상처에 들어간 탄진炭塵은
문신처럼 몸을 채색하듯 짓무른다
「그들에겐 친절 또는 애무는 필요 없음

입욕 설비 필요 없음, 숙소는 앉아서 머리 위로 6에서 9센티미터가
되면 족함」
　도망치는 사람들이 속출하자
　눈 위로 찍힌 발자국을 따라가 붙잡아 와서는
　본보기로 가하는 가혹한 처벌
　눈 위로 찍힌 발자국을 따라가 붙잡아 와서는
　눈 뜨고 차마 볼 수 없는 린치
　동료가 산 채로 매를 맞으며 죽어 가는 것을
　그저 지켜볼 수밖에 없는 자신의 무능함에
　류리엔렌은 몇 번이나 몸을 떨었던가

　일본인 관리는 말했다
　"일본은 섬나라다. 사면이 바다로 둘러싸여 있어서
　도망치려 해 봤자 어림없는 일"
　획하고 펼쳐 보인 홋카이도北海道의 지도는
　연 모양을 하고 있었고
　주위는 하늘인지 바다인지 파란색으로 빽빽이 채워져 있었다
　그들은 믿지 않았다
　일본은 대륙과 이어져 있는
　조선의 끝자락에 붙어 있는 반도야
　아니야 그렇지 않아, 그렇지 않아
　펑톈奉天, 지린吉林, 헤이룽장黑龍江 세 개의 성省과 이어진 나라야
　서북쪽으로, 서북쪽으로 걸어가면
　고향에 언젠가는 반드시 도착할 거다
　아아, 낙천적인 지식이여! 복이 있을지어라!

　공기에 향기로운 내음이 섞이고
　마침내
　꽃들도 나무들도 일제히 피어나는 홋카이도의 여름

도망칠 거면 이때다! 눈도 완전히 녹고 없었다
류리엔렌은 누구에게도 계획을 이야기하지 않았다
칭다오에서 전원이 폭동을 일으키려던 계획도 누설되고 말았다
탄광에 온 후로도 몇 번이고 새고 말았다
벽돌을 단단히 끌어안은 채
새벽녘의 신호를 기다렸던 적도 있었는데……
류리엔렌은 혼자서 도망쳤다
어디에서냐고?
변소의 오물을 퍼내는 구멍에서
오물투성이가 되어 기어 나왔다
이때보다 더 심하게 일본을 증오했던 적이 있었을까

작은 시냇물에서 몸을 닦고 있자니
어둠 속으로 물소리와 함께 중국말이 들려온다
역시 그날 도망쳐 나온 네 명의 남자들이었다
다섯 명은 그들의 기우^{奇遇}를 서로 반기며 기뻐했다
서북쪽으로 걸어가자, 서북쪽으로!
생각하기만 해도 끔찍한 탄광의 시계^{視界}에서 보이지 않는 곳까지
오늘 밤 안으로 가는 거야
하루의 노동으로 녹초가 된 몸을 채찍질하며
다섯은 서둘렀다

산 넘어 산, 산봉우리 너머 산봉우리
달래를 따먹고, 산백채^{山白菜}를 먹고, 독버섯으로 몸을 뒹굴며 괴로워
했다
들짐승과 야조^{野鳥} 소리에 공포를 느끼며
사냥꾼도 들어가지 않는 깊은 산속으로 이동했다
몇 달 만에 마을로 내려갔는데 굶주림에 지친
두 명은 발각되어 강제로 끌려갔다.

하보로羽幌라는 마을 근처에서
반짝반짝 빛나는 태양 아래
전쟁이 며칠 전에 끝났다는 사실도 모른 채
셋은 산을 향해 도망쳤다
잔뜩 겁을 먹은 산토끼처럼.
산 위에서 내려다본 밭은 온통 하얀 꽃으로 뒤덮여 있었다
하얀 감자꽃
류리엔렌은 알지 못했다, 감자가 무엇인지를
줄기를 먹어 보았고 잎을 먹어 보았다
먹을 게 못 되네! 그런데 기다려 봐
이렇게 맛없는 걸 이렇게 열심히 이렇게 많이 재배할 리가 없잖아
슬슬 땅을 파 보니
혹 같은 것이 몇 개나 딸려 나왔다
흙을 털어내고 씹어보니 달콤함이 입안 가득이 퍼졌다
감자는 그들의 주식이 되었다
낮에는 잠들고 밤에는 밭을 기어 다니는 날들이 이어졌다

"이봐 들었어? 지금 이 소리는 기적 소리야!
됐어! 철도를 따라 가면 조선까지 갈 수 있어"
왜 지금까지 몰랐을까
바다를 따라 북으로 뻗은 철도선을 따라
셋은 신바람이 나서 나아갔다
밤에는 해변의 다시마를 주워서 씹으며
며칠이나 걸려서 도달한 곳은
철도의 종점
그곳 풍경의 적막함이란!
철도의 종점, 그곳엔 황량한 바다가 펼쳐져 있을 뿐이었다
왓카나이稚內라는 글자도 읽지 못했다
사람들에게 물어볼 수도 없었다

커다란 별을 우러러보며 셋은 깨달았다
일본은 아무래도 섬나라인 것 같다는 사실을
고향으로부터 더욱더 멀어져 버렸다는 사실을

세 남자는
묵묵히 동면^{冬眠} 준비를 시작했다
짧은 여름과 가을은 끝나 가고 있었다, 눈발이 흩날리기 시작할 즈음
곰들의 사촌 비스름한 낯짝으로 이 겨울을 보내는 수밖에 하며
버려진 삽을 찾아와서
구멍을 파고 또 팠다
다시마와 감자와 말린 청어 알을 될 수 있는 한 많이 비축하곤
설동^{雪洞} 안에 세 개의 몸뚱이를 가두었다
그들은 고향에 대해 이야기했다
불행한 고향에 대해 끝없이 이야기했다
돌절구의 고량^{高粱} 가루는 누가 갈았을까
그날 아침 앞마당에 있던 돌절구의 가루를.
올해도 어머니는 밤 찹쌀떡을 만들었을까.
나는 눈앞에 떠올린다, 대추나무 숲을
꿈결 속의 대추나무 숲
어느 날인가 일본군이 연기를 피우며 들이닥쳐서
베어 버린 2,500개의 대추나무
지금은 그루터기뿐, 이가장^{李家莊}의 부락
할아버지 세대가 30년 동안 정성껏 가꿔온 숲
매년 마을로 팔러 나간 120톤의 대추 열매
나는 보았다
이유도 없이 절단기로 살해된 남자의 동체^{胴體}
생매장당하기 전에 담배 한 개비를 맛나게 피우던
한 남자의 옆얼굴, 아직 젊고 창백했다……
나는 보았다, 여자의 목

겁탈당하기를 거부한 여자의 목은
베어진 채 떨어져 나가 둔부^{臀部}에서 자라나고 있었다
질질 끌어내어진 태아도 있었다
자오위란, 당신에게 무슨 일이라도 있다면
불길한 예감, 꼬리를 물고 떠오르는 영상을 뿌리치며, 뿌리치며
류리엔렌은 무릎을 감싸 안았다
기다란 무릎을 부둥켜안고 꾸벅꾸벅
세 남자는 그렇게 겨울을 견뎠다, 반년이나 이어진 겨울을

눈부신 태양을 두려워하며, 완전히 마비된 발을 문지르며
걷는 연습을 하기 시작할 즈음
또다시 6월의 하늘, 감미로운 6월의 바람
셋은 아바시리^{網走} 근처까지 걸어가
오아칸^{雄阿寒} 메아칸^{雌阿寒}의 산들을 넘었다
산을 넘어 도달한 곳은 또다시 바다!
쿠시로^{釧路}에서 가까운 바다였다
셋은 기막혀하며 멈춰 섰다
일본이 섬나라인 건 사실인 모양이다
그렇다면 바다를 건너는 방법 외에 무슨 방법이 있단 말인가
바람이 서북에서 서북으로 불어오던 밤
셋은 작은 배 한 척을 훔쳤다
배는 날아가듯이 앞으로 나아갔지만, 이게 웬일이람
바람이 그들을 다시 한 데 그러모은 곳은 바로 그 해변가
그들이 출발했던 물가에 다시 도착한 것이다
노는 떠내려가고, 쌓아두었던 말린 식량은 썩어 있었다
어부에게 손짓 발짓으로 부탁을 해 보는 수밖에 없었다
「고기 잡는 어르신, 우리들은 지금 끔찍한 일을 겪고 있소
우리를 보내줄 순 없을까
조선까지만이라도 좋소, 우리 다 고생하며 사는 같은 처지의 사람

들 아니오

　도와주시오, 은혜는 잊지 않으리다」

　무모한 판토마임은 실패로 끝났다

　늙은 어부는 아무 말 없었지만 얼마 안 돼 대답은 돌아왔다

　산을 뒤지는 대규모의 수색 작전으로.

　도망치고 도망치다가 두 명은 붙잡혔고

　그렇게 류리엔렌은 혼자가 되었다

　류리엔렌은 목 놓아 울었다

　둘은 틀림없이 죽임을 당했을 거야, 모든 길은 이제 막혔다

　"기다려, 나도 가마!"

　허리춤의 밧줄을 나무에 걸고 전신의 무게를 둥근 밧줄에 매달았다

　고통스러웠던 건 허리!

　6척의 몸뚱이를 지탱하지 못하고 가냘픈 밧줄은 맥없이 끊어졌다

　질겁을 하고, 어리둥절해하며

　이후 설사가 주루룩 주루룩

　청어 알이 형체 그대로 나왔다

　"바보 같으니라고, 바카야로!" 그렇다면 살아 주지

　살아서, 살아서 끝까지 살아남아 주지!

　바로 그때였다, 마음속에 각오가 단단히 선 것은

　그 후 그의 생애에 12년의 세월이 흘러갔다

　류리엔렌에게 삶이란

　흙구덩이에 들어가고, 흙구덩이에서 나오는 것 외에는 없었다

　깊은 눈 속에 파묻혀 버리지도 않고, 솟아오르는 물 때문에 어려움을 겪는 일도 없이

　겨울 동안의 동면을 위한 구덩이를 만드는 법을

　몇 해의 겨울을 나면서, 여러 번의 뼈아픈 실패를 거치며 마침내 터득했다

흙구덩이는 들키지 않도록 매년 새 곳으로 이동했다
어느 가을날
밤을 주우러 온 일본 여자와 딱하고 마주쳤다
여자는 날카로운 외마디 비명을 지르며
애써 주운 밤들을 사방에 흩뿌리며, 흩뿌리며
기어가듯 도망쳤다
귀신이라도 만난 것처럼 도망쳤다
류리엔렌은 작은 시냇가로 내려와 맑은 물속을 들여다보았다
제멋대로 자란 헝클어진 머리
밭에 있는 오두막에서 훔쳐온 여자 옷을 몸에 걸쳐 입은
요괴 같은 몰골이 수면 위에 흔들리고 있었다
이게 내 모습이란 말인가?
자오위란 당신이 반해서 시집온
류리엔렌의 모습이 이런 몰골이라니
자조와 분한 마음으로 붉어진 얼굴을
흐르는 가을 시냇물에 담그며
호랑이마냥 격렬하게 부들부들 떨었다
난 결벽할 정도로 깨끗한 걸 좋아했고, 때가 끼는 걸 싫어했다
아무리 긴 도피행일망정, 그리고 사람들의 일상과 인연이 없는 삶
일망정
조금이라도 제대로 된 몸가짐을 하고 있어야지 하고
낫 조각을 찾아내어
류리엔렌은 가만히 수염을 깎았다
머리는 길게 변발辮髮로 묶어서 파리매를 쫓는 역할도 겸했다

바람이 아카시아 향기를 날려 주던
어느 여름날
수풀 사이를 흐르는 작은 여울에 한껏 몸을 적셨다
「아아 감사, 셰셰謝謝 해님이여

일본의 산야를 도망치고 도망치고 도망쳐 다니는 내게도
이런 연꽃처럼 아름다운 하루를
베풀어 주시는군요」
나뭇잎 사이로 비치는 햇살을 우러러보며
물방울을 튀기며 미역을 감고 있을 때
꼬마 하나가 갑자기 나무들 사이에서
조르르 튀어나왔다, 다람쥐처럼
"남자 주제에 웬 긴 머리?"
"오호 너 몇 살이니?"
일본어와 중국어는 서로 통하지 않은 채 부질없이 오갈 뿐이다
꽤나 천연덕스런 개구장이로군
개척촌 아이인가?
내 아이도 태어났다면 지금쯤 이 정도 크기의 귀여운 소년이겠지
개척촌의 오두막집에서 이런 저런 것들을 훔쳤지만
나는 아이들 것만은 가져오지 않았다
부드러운 이불은 눈이 뒤집힐 정도로 갖고 싶었지만
아가의 이부자리였기에 그것만은
손을 대지 않았다.
말은 통하지 않은 채,
몇 마디 물음과 대답을 서로 알아듣지 못한 채
오랫동안 친하게 지내온 삼촌과 조카마냥
둘은 함께 물장구를 쳤다
그러다가 문득 류리엔렌은 정신을 차리고
「안 되지, 아이는 금물, 아이의 입에서 모든 것이 퍼지지
이런 불찰을!
그건 그렇다 해도 참 이상한 아이로군」
아이는 알몸뚱인 채로 순식간에 나무 사이로 사라졌다

두 마리 늑대를 만났다

곰도 만났다 토끼나 꿩과 눈이 마주쳤다
그들은 조금도 위해를 가하지 않았고
나 또한 짐승들을 죽이는 일은 차마 할 수 없었다
류리엔렌의 위^胃는 스님처럼 맑아졌다
「무서운 건 인간이다!」
산 위에서 멍하니 마을의 추이를 바라보며 살았다
산으로 들어간 지 2년 여,
밭에서 일하고 있는 건 모두 여자, 여자들뿐
그로부터 서서히 남자들도 섞이기 시작했다
밭에 있는 움막에 놓여 있는 것도 날로 풍성해지는 것 같았다
쌀과 성냥을 발견했을 때의 기쁨이란!
마치 개구쟁이 시절에 느꼈던 정월 기분
철 주전자 채로 몽땅 날치기해 와서
산속에서 가늘디가는 연기를 피웠다
삶은 음식을 먹은 건 얼마 만인가
감자도 삶으니 이 세상 것이라고는 여겨지지 않을 만큼의 진미

그 후 수년이 더 흐르고
가죽 외투도
비닐 천도 손에 넣었다
그러나 해가 갈수록 몸은 쇠약해져 가고
10년이 지나니 햇수도 셀 수 없게 되었고
가족의 얼굴도 희미해져 갔다
아내는 아마도 다른 사람에게 시집을 갔겠지
혹시 살아 있다고 하더라도……
어느 해였던가
이 지역에도 극심한 가뭄이 닥쳐
작물이란 작물은 모두 고개를 숙이고
논밭에 서서 시름으로 얼굴을 가리는 농부의 모습도

멀리서, 멀리서 바라보았다
류리엔렌은 기분이 좋지는 않았다
일본의 농민들도 고통스러운 게다.
마디마디 거칠고 울퉁불퉁한 이 손으로
괭이를 잡는 날이 과연 다시 올까
검고 습기 찬 땅 위에
허리를 굽히며 씨를 뿌리는
그런 날이 언젠가 또다시 오려나

긴긴 동면에서 깨어나
봄을 맞아 동굴에서 나올 땐
이틀만 연습하면 걸을 수가 있었다
그러나 해가 거듭할수록 걸을 수 있게 되는 때까지 걸리는 날이
많아지고 많아졌다
두 달 걸려서 연습하지 않으면 걸을 수 없을 정도로
다리와 허리는 병들고
점점 더 심해져 갔다
가을에야 비로소 걸을 수 있게 되었을 즈음
홋카이도의 이른 겨울은 이미
가랑눈을 흩날리며
류리엔렌을 또다시 흙구덩이 속으로 내몰았다
짐승처럼 살며
기억과 사고思考의 세계로부터 절연된 채
짐승처럼 살며
일본이 바다에 둘러싸인 섬이라는 사실조차 몰랐다
그러나 류리엔렌
당신에겐 스스로를 살아가게 하는 지혜가 있었다

참담한 세월을 누비며

당신 나라의 강물처럼 유유히 흘렀던
하나의 생명
그 지혜도, 몸도
그러나 한계에 다다른 것 같았다
혹독한 어느 겨울 아침
당신은 마침내 발견되었다
삿포로^{札幌}에서 가까운 도베츠^{當別}의 산에서
일본인 나무꾼이
동상투성이 6척의 훌륭한 남자
1척 반 길이의 갈래머리에 말이 통하지 않는 이상한 남자
절망적인 표정을 지으며
"아파, 아파"를 연발하는 남자
「아파」 이것은
류리엔렌이 알고 있던 단 한 마디 일본어였다

"중국인인 것 같아"
스키를 신고 있던 경관이 갑자기 내키지 않아 하는 모습을 보였다
류리엔렌은 의아해한다
「왜 옛날처럼 때리지 않는 거지?
왜 옛날처럼 억지고 끌고 가지 않는 거지?」
산기슭에 있는 잡화점에서 빨간 사과와 담배를 주었다
불도 쬐게 해주었다 "부밍바이^{不明白}" "부밍바이^{不明白}"
「모르겠어, 아무것도」
양복을 입고 중국말을 하는 많은 남자들이
주위를 에워쌌다
「양복을 입은 동포라니!」
류리엔렌은 인정할 수가 없었다
조국이 승리했다는 사실을 인정하지 않았다
난감해진 화교 중 한 명이 말했다

"여관 사람을 불러서 당신이 먹고 싶은 것을
주문해 보시오
일본 사람이 중국 사람을 괴롭히는 일 같은 건
더 이상 절대로 못 한다오."
류리엔렌은 따끈한 우동을 주문했다
볼이 빨간 여자 종업원이 공손히 받쳐 들고 가져왔다
류리엔렌의 딱딱한 마음이
그제야 비로소 풀렸다
어떻게 이렇게 험한 일을 당할 수가
동포들은 눈시울을 적시며
뜨거운 김이 모락모락 나는 가운데 소박한 남자를 바라보았다

팔로군八路軍*이 천하를 얻었고
우리들도 살기 좋은 나라가 생겼다는 사실을
조금씩 조금씩 받아들여가기 시작할 즈음
류리엔렌에게 스파이 혐의가 씌워졌다
언제 왔나
어디서 일했는가
홋카이도의 산속으로 어떻게 알고 갔는지
모든 것이 몽롱해서 대답을 찾을 수 없었던 류리엔렌
삿포로의 시청에서는 이렇게 말했다
"도청의 지시가 없으면 아무것도 할 수가 없소."
홋카이도 도청에서는
"정부의 지시가 없으면 아무것도 할 수가 없소."라고 하고
삿포로의 경찰서에서는
"우리에겐 예산이 없소. 정부가 조치를 할 문제요."라고 하고
정부는, 이 나라 대표는,
"불법 입국자" "불법 잔류자"라며 처리해 버리려고 했다
  >

뜻이 있는 일본인과 중국인 손으로
류리엔렌의 기록 조사는 신속하게 진행되었다
납치되어 사역한 중국인의 숫자는 10만 명
그들의 명부를 더듬어 가며 하루 빨리 그의 신분을 증명할 단서를
찾아야 한다
스파이 혐의까지 뒤집어 쓴 그를 위하여
방대한 자료에서 바늘을 찾는 심정으로
밤낮을 가리지 않는 조사가 시작되었다
"행방불명"
"내지內地* 잔류"
"사고 사망"
단 한마디로 처리된
중국인들의 이름, 이름, 이름이 이어지는 가운데
불굴의 생명력으로 살아남은
류리엔렌의 이름이 어느 날
불에 쬐면 나타나는 비밀 그림마냥 선명하게 드러났다
"류리엔렌 산둥성 주청諸城현 제7구 쯔거우紫溝 사람
쇼와昭和 19년* 9월 홋카이도 메이지明治 광업鑛業 회사
쇼와 광업소에서 노동에 종사
쇼와 20년 무단 퇴거, 현재 아직도 내지內地 잔류"

1958년 3월 류리엔렌은 비가 자욱한 도쿄에 도착했다
죄도 없고 군인도 아닌 농민에게
이렇게 끔찍한 일을 겪게 한
「중국인 노무자 이입 방침」
일찍이 이 안案을 만들었던 상공부장관이
지금은 총리가 되어 있는 불가사의한 수도 도쿄에

뺀들뺀들한 정부

발뺌할 생각만을 하는 해파리와도 같은 관료들
그리고 속죄와 우호 의식에 불타는
이름 없는 사람들
걸출한 사람들의 소용돌이 속에서
류리엔렌은 서서히 깨달았다
자신이 아무런 역할도 하지 못하는 사이에
중국은 훌륭한 변모를 이루었음을.
내가 지금 일본에서 보고 들으면서 화가 치밀어 오르는 것들은
일찍이 나의 조국에도 있었던 것들
우리나라에서는 역사 속으로 접어 넣었던 것들이
이 나라에선
이제부터 투쟁해서 얻지 않으면 안 되는 것으로
지금 소용돌이치고 있다는 사실을

도쿄에서 받은 가장 훌륭한 선물
그건 아내 자오위란과 아들이
살아 있다는 소식
게다가 아내는 동양 여성의 전통 그대로 두 남편을 섬기지 않고
류리엔렌만을 가슴에 품고 살아와 주었다
아들은 14세
언젠가 아버지와 다시 만나게 되기를 바라는 마음에서
쉰얼尋兒이라고 이름 지었다

쉰얼 쉰얼
류리엔렌은 그 누구보다도 아들이 보고 싶었다
1958년 4월
하쿠산마루白山丸 연락선은 일로一路 고국을 향해 나아갔다
예전에 가축처럼 선창에 쌓여서 왔던 바다를
귀국길은 특별 2등선실의 고객이 되어

파도를 밟으며 돌아간다
날아가듯이
파도를 밟으며 돌아간다
그리운 고향의 산하가 보이기 시작한다
펑라이^{蓬萊}, 젊은 시절 기름을 짜며 일했던 곳
탕구^{塘沽}
긴 긴 여로의 끝
14년 끝에 도착한 항구

마중 나온 사람들로 북적거리는 인파에 둘러싸여
세 번째로 악수한 중년의 여인
그녀가 아내 자오위란
그러나 류리엔롄은 알아채지 못하고 앞으로 나아간다
헤어졌을 때 23세의 젊은 아내는 37세가 되어 있었다
류리엔롄은 알아보지 못하고 앞으로 나아간다
"아버지!"
달려와 와락 안긴 미소년, 그 아이야말로 쉰얼
머리카락도 반짝반짝 매끄럽게 빛나는 시원스러운 남자 아이
읽는 것도 쓰는 것도
자기 자신의 의지를 피력하는 것도
여러 사람들 중에서도 특출난 마을 최고의 인텔리로 성장해 있었다
셋은 짐마차를 타고
고향 차오보^{草泊} 마을로 돌아왔다
고향은 복숭아꽃이 한창
마을 사람들은 큰 북과 징을 울리며 그야말로 축제 기분
리엔롄 형이 돌아왔다오
마주치는 사람들 한 사람 한 사람
그 이름을 떠올리고 서로 껴안으며 집으로 들어갔다
창문에는 새 창호지

온돌에는 새 깔개
토방에는 새로 산 농기구가 빛나고
벽에는 메이란팡梅蘭芳의 그림과 함께
중국산 호박처럼 친숙하기 그지없는
마오쩌둥毛澤東의 사진이 웃으며 맞이해 주었다
류리엔렌은 밭으로 뛰어 나가
고향의 검은 흙을 한 움큼 집어 혀끝으로 맛보았다
보리는 한 척이나 자라
아득히, 끝없이 펼쳐져 있었다
그날 밤
류리엔렌과 자오위란은
밤을 새우며 함께 이야기했다
일가의 성쇠盛衰
고난의 세월
재회의 기쁨을
조금도 녹슬지 않았던 산둥 사투리로

*

하나의 운명과 하나의 운명이
딱 하고 만난다
그 의미도 알지 못한 채
그 깊이도 알지 못한 채
도망 중인 사나이와 개척촌의 꼬마

바람이 꽃씨를 멀리 날려 보내듯이
곤충이 꽃가루를 잔뜩 묻힌 발로 날아다니듯이
하나의 운명과 하나의 운명이 교착한다
본인조차도 이를 알아채지 못한 채
>

하나의 마을과 또 하나의 먼 마을이
딱 하고 만난다
그 의미도 모르고
그 깊이도 모른 채
만족스런 대화조차 나누지 못하고
답답한 마음이 그저 꽈리처럼 울릴 뿐.
하나의 마을의 영혼과 또 하나의 마을의 영혼이
딱 하고 만난다
이름도 없는 강가에서

시간이 흐르고
세월이 흘러
한 남자가 고향 마을로
마침내 돌아올 수 있었다
열세 번의 봄과
열세 번의 여름과
열네 번의 가을과
열네 번의 겨울을 견디고
청춘을 흙구덩이 속에 숨어서 모두 다 허비한 후에서야

시간이 흐르고
세월이 흘러
그 꼬마는 어른이 되었다
느릅나무보다도 늠름한 젊은이로.
젊은이는 문득 생각한다
어린 시절, 그때 나누지 못했던 대화
그 틈새를
지금 똑똑히 자신의 말로 메워보고 싶다고.

* 중국식 발음은 류롄런. 이 시에 나오는 중국인명 및 지명 표기는 중국어 발음 표기를 원칙으로 하였으나 시의 제목이기도 한 주인공의 이름만은 원시에 나오는 일본어 표기대로 류리엔렌으로 하였다.
* 메이파쯔(沒法子): 방법이 없다, 속수무책이라는 뜻의 중국어.
* 중국의 항일 전쟁 때 화북(華北)에서 활약한 중국 공산당 군(軍).
* 식민지가 아닌 본토, 본국 일본을 일컬음.
* 1944년.

* [부기] 자료는 歐陽文彬著·三好一訳, 『穴にかくれて十四年(흙구덩이 속에 숨어서 14년)』(新讀書社刊)에 의거함. (원작자 주)

이바라기 노리코의 수필 2편

윤동주
망우리

윤동주

한국 사람들에게 "좋아하는 시인은?" 하고 물으면 "윤동주"라는 대답이 되돌아오는 경우가 많다.

죽는 날까지 하늘을 우러러
한 점 부끄럼이 없기를,
잎새에 이는 바람에도
나는 괴로워했다.
별을 노래하는 마음으로
모든 죽어가는 것을 사랑해야지
그리고 나한테 주어진 길을
걸어가야겠다.

오늘밤에도 별이 바람에 스치운다.
— 윤동주, 「서시」 전문

20대가 아니면 절대로 쓸 수 없는 그 청열淸冽한 시풍은 젊은이들의 마음을 사로잡기에 충분하다. 오래 살면 살수록 부끄러운 삶이 되어 이렇게는 도저히 쓸 수 없게 된다. 시인에게는 요절夭折의 특권이라고 할까, 젊음과 순결을 그대로 동결해 버린 듯한 청결함이 있어 후세의 독자들을 매혹시키기에 부족함이 없으며, 그의 시집을 펼치면 항상

수선화와 같은 좋은 향기가 난다.

요절이라고는 했지만 윤동주는 사고나 병으로 죽은 것이 아니다. 1945년, 일본이 패망하기 불과 반년 전, 그는 만 27세의 젊은 나이로 후쿠오카 형무소에서 옥사했다. 릿교立教 대학 영문과로 유학한 윤동주는 그 후 도시샤同志社 대학 영문과로 옮겼고, 그곳에서 독립운동 혐의로 시모가모下鴨 경찰에 붙잡혀 후쿠오카로 보내졌다. 감옥에서 정체를 알 수 없는 주사를 연일 맞았고, 죽기 직전에 모국어로 무슨 말인가를 외치며 절명했다고 한다. 그가 무슨 말을 했는지는 일본인 교도관도 몰랐다. 다만 "동주 씨는 무슨 뜻인지 알 수 없는 말을 큰소리로 외치다가 숨을 거뒀습니다"라는 증언만이 남았다.

말하자면 일본 검찰의 손에 의해 살해당한 것이나 마찬가지다. 통한痛恨의 마음 없이 그에 대해 말하는 것은 불가능하다. 언젠가는 일본인에 의해 그의 죽음에 대한 전모가 밝혀져야 할 사람이며, 그의 존재를 알고 난 후로 나도 조금씩 그의 시를 번역하기 시작했다. 그런데 그가 죽은 지 39년째가 되는 1984년, 이부키 고伊吹郷 씨가 그의 시 전집『하늘과 바람과 별과 시』를 완역하여 출간하였다. 윤동주 시를 번역하려던 나의 의욕은 꺾이고 말았지만, 이부키 씨의 훌륭한 번역과 연구에는 그저 감탄할 따름이었다. 사랑스러운 동요에 이르기까지 윤동주의 시 전부를 일본어로 읽을 수 있게 된 것이 무엇보다도 기쁘다. 원시를 아는 사람에게는 이 책이 번역에 남다른 노력을 기울인 역작임을 알 수 있다. 또한 번역에 그치지 않고 윤동주의 배경을 알기 위해 철저히 발로 뛰어 조사한 그의 열정은 감동적이기까지 하다.

이부키 씨는 윤동주가 유학했던 도쿄, 교토, 그리고 후쿠오카 형무소로 그의 발자취를 따라서 조사하고, 나이가 80대가 된 전 특별고등형사도 만나는 등 모든 노력을 기울여 보았지만 결국은 옥사의 진상을 밝히지는 못 했다고 책에서 밝히고 있다. 안타까운 일이지만 그의 실증實證 정신에는 오히려 신뢰가 간다. 확고한 증거로 언젠가는 명료하게 밝혀지기를 바랄 뿐이다.

내가 이부키 씨를 만났을 때 그는 나에게 조사하는 과정에서 경험했던 일본 검찰 관계자들과의 넘기 힘든 벽에 대해 상세히 이야기해 주었다. 40년도 더 전의 일인데 왜 그토록 비밀주의와 은폐주의로 일관하려 하는지 알 수 없는 일이다. 일본인이든 한국인이든 진지하게 연구하는 사람에게는 자료를 보다 더 공개해야 하는 것이 아닌가? 이부키 씨는 윤동주가 살았던 하숙집이나 연고지 등을 찾아 증언을 구하려 했지만 그 어디에도 그를 기억하는 일본인이 없었다고 한다. 사진을 보면 실로 청결하고 잘생긴 청년으로 결코 옅은 인상을 주는 모습이 아니다. 평범한 얼굴도 물론 아니다. 실은 내가 윤동주의 시를 읽게 된 계기는 바로 그의 사진이었다. 이토록 늠름한 청년이 과연 어떤 시를 썼을까 하는 호기심 때문이었으니 꽤나 불순한 동기에서 시작되었다고나 할까. 사진 속 윤동주는 대학생다운 지적인 분위기에 그야말로 티 한 점 없는 젊은이의 모습이다. 더없이 선명하고 강렬한 인상으로 내가 어렸을 때 우러러 보았던 대학생 중에는 이런 사람이 많았지 하며 아련한 옛 감정을 떠올리게 하는 그런 모습이다. 그런데도 일본인 중에 그를 기억하는 사람이 하나도 없었다니…… 영문학 연습 85점, 동양철학사 80점으로 성적도 우수했는데 교수들 중에 그를 기억하는 사람이 하나도 없었던 것일까? 루쉰^{魯迅}에게는 후지노^{藤野} 선생님 같은 존재가 있었는데, 그런 사람이 하나도 없었다니 윤동주의 깊은 고독을 떠올리지 않을 수 없다.

창밖에 밤비가 속살거려
육첩방은 남의 나라,

시인이란 슬픈 천명인 줄 알면서도
한 줄 시를 적어볼까,

땀내와 사랑내 포근히 품긴

보내주신 학비봉투를 받아

대학 노—트를 끼고
늙은 교수의 강의 들으러 간다.

생각해 보면 어린 때 동무들
하나, 둘, 죄다 잃어버리고

나는 무얼 바라
나는 다만, 홀로 침전하는 것일까?

인생은 살기 어렵다는데
시가 이렇게 쉽게 쓰여지는 것은
부끄러운 일이다.

육첩방은 남의 나라
창밖에 밤비가 속살거리는데,

등불을 밝혀 어둠을 조금 내몰고,
시대처럼 올 아침을 기다리는 최후의 나,

나는 나에게 작은 손을 내밀어
눈물과 위안으로 잡는 최초의 악수.
— 윤동주, 「쉽게 쓰여진 詩」 전문

한국에서는 윤동주가 저항 시인인가 아닌가 하는 문제를 둘러싸고 많은 논쟁이 있다. 그러나 윤동주는 조선어를 탄압하던 시대에 과감히 한국말로 시를 썼고 이 시들을 친구에게 편지와 함께 보냈다. 편지를 받은 친구가 그의 시를 항아리에 넣어 지하 깊숙이 숨겨놓은 덕분에 어렵사리 보존될 수 있었다고 한다. 그의 시는 전부 모아도 100여 편에 지나지 않으며, 일본 관헌에게 압수된 시들은 행방을 알 수 없다. 그 당시 한글로 시를 썼다는 것 자체가 대단한 저항이었다고 할 수 있다. 반년만 더 살았더라도 해방된 조국의 시단 제일선에서 곧바로 활동을 개시할 수 있었을 시인이었지만, 생전에는 시집 하나 없는 무명의 청년이었다.

윤동주는 유학 시절 다치하라 미치조(立原道造, 1914~1939)의 시를 읽었다. 연보를 통해 이 사실을 알고 나는 그만 놀라고 말았다. 윤동주의 시를 읽으면서 그의 서정성이 다치하라와 닮았다는 생각을 막연히 하고 있었기 때문이다.

등불처럼
바람처럼 별처럼
나의 목소리는 한 곡조씩 이쪽으로 저쪽으로……

그러면 너희들은 사과나무에 하얀 꽃이 피고
자그마한 녹색 열매가 열리고 그것이 기분 좋은 속도로 빨갛게 익어가는 걸
아주 잠깐 동안 잠들면서 보곤 하겠지
— 다치하라 미치조, 「잠의 유혹」 부분

하루의 울분을 씻을 바 없어 가만히 눈을 감으면 마음속으로 흐르는 소리,
이제 사상思想이 능금처럼 저절로 익어가옵니다
— 윤동주, 「돌아와 보는 밤」 부분

사과의 이미지가 똑같이 등장하는 점 말고도 언뜻 보아 약해 보이면서도 팽팽하게 당겨진 피아노의 줄과 같은 투명한 서정성이 비슷한 느낌을 준다. 물론 윤동주 쪽이 훨씬 더 울적하지만 말이다. 이제는

물어볼 수도 없지만 윤동주가 다치하라의 시를 어떻게 읽었는지 알고 싶어서 그의 시집을 그런 각도에서 다시금 꼼꼼히 읽어보았다.

자세히 보면 많이 다르다. 다치하라의 시는 음악과도 같아 의미에 큰 비중을 두지 않는다. 한편 윤동주의 시는 '핵'이라고나 할까, 어떤 심지가 있어서 끊임없이 거기에 집약되며 숨겨진 의미 또한 깊다. 유학생이었던 윤동주는 다치하라가 죽은 지 몇 년 후에 그의 시를 읽었을 터인데, 일제日帝의 우쭐대는 시인 정도로 생각하며 그의 시를 읽은 것 같지는 않다. 오히려 같은 청년으로서 다치하라의 시가 노래하는 청춘의 애환, 물음 등에 공감하며 시를 읽었던 것은 아닐까? 이런 추측을 금할 길이 없다.

다치하라의 사진을 보면 대개 입을 살짝 벌리고 있는데, 윤동주의 사진은 언제나 야무지게 입을 다물고 있는 모습이다. 두 사람 다 호감이 가는 잘 생긴 얼굴이다. 다치하라의 시도 윤동주의 시도 일본과 한국에서 각각 젊은 여학생들에게 지금까지 사랑받으며 애송되고 있다. 사진에서 전해져 오는 순수함을 시 속에서도 민감하게 읽어내고 있기 때문이리라.

1984년 가을, 일본에서 윤동주의 친동생 윤일주 씨를 만날 수 있었다. 건축가이자 성균관대학교 교수인 일주 씨는 때마침 도쿄東京대학 생산기술연구소 객원교수로 와 있었다. 윤동주의 시 중에 「아우의 인상화」라는 시가 있는데, 윤동주의 작품 중에서 내가 가장 좋아하는 시이기도 해서 그의 동생을 실제로 만나게 된 것이 나에게는 실로 감회가 깊은 일이었다.

붉은 이마에 싸늘한 달이 서리어
아우의 얼굴은 슬픈 그림이다.

발걸음을 멈추어
살그머니 앳된 손을 잡으며
"늬는 자라 무엇이 되려니"

"사람이 되지"
아우의 설은 진정코 설은 대답이다.

슬며시 잡았던 손을 놓고
아우의 얼굴을 다시 들여다본다.

싸늘한 달이 붉은 이마에 젖어
아우의 얼굴은 슬픈 그림이다.
　　　—윤동주, 「아우의 인상화」 전문

　열 살 가까이 어린 동생의 손의 감촉까지도 전해지는 시다. "사람이 되지"는 '인간이 되지'라고도 번역할 수 있는데 어쨌든 형의 의표를 찌른 이 대답이 한 편의 시를 성립시켰다고 할 수 있다. 개는 개가 되려고 하고, 고양이는 고양이가 되려고 하는 걸까? 사람은 태어날 때는 동물에 지나지 않지만 많은 시간을 거쳐서, 아마도 죽기 직전까지 인간이 되겠다는 지향^{志向}을 지속하는 희한한 생물이다. 윤동주도 그런 지향을 지닌 사람이었기에 어린 동생의 "사람이 되지"라는 대답에 감동을 받고 이에 반응한 것이리라. 더구나 그의 동생이 성장할 즈음, 당시 조국이 처한 상황으로는 제대로 된 인간이 되는 것조차도 힘든 것이 아닐까 하는 암담한 심정이 "아우의 얼굴은 슬픈 그림이다"라는 한 구절에 분출되어 표현된 듯하다.
　어린 시절의 천진난만한 예언 그대로, 아우 일주 씨는 지금 58세 정도의 나이로, 그야말로 훌륭한 '사람'이 되어, 그때 형과 나누었던 대화를 희미하게 기억하고 있다고 했다. 독실하고 음영이 짙은, 그러면서도 어딘지 모르게 애교와 장난기가 있는 분이었다.
　그는 "저는 왠지 형의 뒤치다꺼리를 하기 위해서 태어난 것 같아서……"라고 웃으며 말했다. 그의 말 그대로 여기저기 흩어진 채 남겨진 원고를 지금 우리가 보는 것처럼 정연하게 조사하여 시집으로 정리한 것도 그였고, 연세대학교에 윤동주 시비를 설계한 것도 아우 일주 씨였다. 전문직에 종사하면서 얼마나 많은 시간과 노력을 형님을 위해 기울였겠는가. 일주 씨를 만났을 때 부인과 따님도 동석했는데, 부인이 "제 딸은 큰아버지를 굉장히 자랑스럽게 생각해요"라고 말하자 대학생인 딸이 수줍어하면서 맑은 목소리로 시「별 헤는 밤」을 낭송해 주었다.

일주 씨는 담담한 어조로 다음과 같이 말했다. "요즘 그 당시의 아버지를 종종 떠올리곤 합니다. 어떤 심경으로 형님의 뼈를 품에 안고 후쿠오카에서 부산까지, 그리고 거기에서 흔들리는 기차에 몸을 싣고 다시 북간도(구 만주)의 집까지 가셨을까 하고 말입니다."

조선반도의 한쪽 끝에서 북쪽 끝까지의 긴 여정 ― 당시에는 얼마나 많은 시간이 걸리는 여정이었을까. 유골을 안은 채 울분을 풀 길 없었을, 이제는 작고하신 아버님의 그 심정을 헤아리려는 아들의 말이 그 어떤 격렬한 탄핵보다도 이쪽 가슴을 날카롭게 찔렀다. 예사롭지 않은 아들의 죽음은 부모에게 분명히 학살로 여겨졌을 것이다. 대수롭지 않게 지나가는 말처럼 꺼낸 일주 씨의 한 마디가 이토록 강렬하게, 직접적으로 나의 마음에 전해질 줄이야……. 말이 가지는 전달의 힘을 새삼 생각하지 않을 수 없었다.

수년 전, 나는 배로 현해탄을 건너 시모노세키에서 부산까지 간 적이 있었다. 저녁에 시모노세키를 출발했는데 배가 큐슈로부터 점점 멀어지면서 바다 빛깔도 쪽빛 항아리처럼 짙어져 갔다. 6천 톤에 달하는 배도 그저 물 위에 떠 있는 나뭇잎 하나처럼 의지할 곳 없이 파도의 너울거림에 몸을 맡기고 떠 있었다. 파도가 거칠기로 유명한 현해탄도 이날만큼은 잔잔했다. 시시각각 변하는 바다 빛깔, 칠흑의 어둠, 반짝이기 시작하다가 마침내 온 하늘을 수놓은 초가을의 성좌星座, 섬들을 밝히는 등불을 방불케 하는 오징어잡이 배들 ― 이를 바라보며 나는 밤이 깊어질 때까지 갑판을 떠나지 못했다. 맑게 갠 밤이었음에도 불구하고 짙은 안개와도 같은 것이 내 주위를 에워싸고 있었다. 공기가 농밀했다고 말하는 것이 더 맞는 표현인지도 모르겠다. 뭐라 형용하기 힘든 슬픔. 가슴이 오싹해지는 그런 느낌은 아니지만, 그렇다고 상쾌하다고도 말할 수 없는 영적靈的인 기운. 굳이 말하자면 역사의 비수悲愁라고 이름 붙이고 싶은 그 무언가.

고대로부터 가장 먼저 열린 바닷길, 헤아릴 수 없이 많은 사람들의 왕래, 수많은 기억들. 파도 위로도, 파도 아래로도 짙게 떠도는 눈에 보이지 않는 그 무언가가 나를 에워싸고 있었다. 보통 때는 영감이 결코 강한 편이 아닌데, 이때 느꼈던 평상시와는 다른 감각은 오래도록 기억에 남았다. 이제 와서 돌이켜보면 윤동주의 마음도, 유골을 품에 안고 돌아가던 아버님의 마음도 그 속에 섞여 있었던 것이다. 후에 안 사실이지만, 유골 항아리에 미처 다 들어가지 못한 아들의 뼛가루를 아버님은 현해탄에 뿌렸다고 한다.

고향에 돌아온 날 밤에
내 백골이 따라와 한 방에 누웠다.

어둔 방은 우주로 통하고
하늘에선가 소리처럼 바람이 불어온다.

어둠 속에서 곱게 풍화작용하는
백골을 들여다보며
눈물짓는 것이 내가 우는 것이냐
백골이 우는 것이냐
아름다운 혼이 우는 것이냐

지조 높은 개는
밤을 새워 어둠을 짖는다.

어둠을 짖는 개는
나를 쫓는 것일 게다.

가자 가자
쫓기우는 사람처럼 가자
백골 몰래
아름다운 또 다른 고향에 가자.
—윤동주, 「또 다른 고향」 전문

이 시는 윤동주가 24살 때 쓴 작품인데, 3년 후의 죽음을 마치 예견이라도 한 듯하다. 크리스천이기도 했던 윤동주의 '또 다른 고향'은 어디를 가리키고 있었던 것일까?

동요를 쓰던 스무 살 무렵의 그의 펜네임은 동주童舟라는 귀엽고 사랑스러운 것이었다. 아우인 일주 씨와 이야기를 나누고 있자니 그의 인품에 점점 매료되고 말았다. 나의 뇌리에 '인간의 질'이라는 말이 어렴풋이 맴돌다가 순간 멈추었다. 그다지 의식하지 않고 지내왔지만 돌이켜보면 젊었을 때부터 인생의 고비 고비마다 줄곧 '인간의 질이란 무엇인가? 어떻게 결정되는 걸까'라는 질문을 스스로에게 던지며 그 대답을 찾으려 했다는 생각이 불현듯 머리를 스쳤다.

참으로 묘한 체험이었다. 이는 윤일주 씨라고 하는 훌륭한 '인간의 질'을 접하면서 새롭게 깨닫게 된 것으로, 형인 윤동주 또한 이런 사람이었으리라는 상상을 자연스레 하게끔 하였다. 조용하면서도 따뜻하고, 한없는 깊이를 느끼게 하는 인격이 아니었을까 하고 말이다. 그런데 3년 가까운 유학 생활에도 불구하고, 그리고 이부키 씨의 혼신을 다한 조사에도 불구하고 그 누구도 그를 기억하지 못하다니…….한심스럽다는 말밖에는 달리 뭐라 해야 할지, 말문이 막힐 따름이다.

아무튼 윤동주·일주 형제를 만날 수 있었던 것은 최근의 나의 큰 기쁨이 아닐 수 없다. 이 또한 한글을 배우는 여정에서 일어난 일이었으니…….

망우리

아사카와 타쿠미^{浅川巧}는 일본에서도 한국에서도 거의 알려지지 않은 인물이다. 그나마 민예^{民芸}에 관심이 있거나, 야나기 무네요시(柳宗悦, 1889~1961)에 관한 책을 읽어본 사람에게 '아사카와 노리타카·타쿠미 형제' 중에서 동생 쪽이라고 말하면 "아아, 조선에 오래 살았고, 야나기 무네요시에게 조선 미술에 눈뜨는 계기를 만들어 준 사람?" 하며 어렴풋하게 떠올리는 정도일 것이다.

나도 그 정도의 지식밖에 없었지만 다카사키 소지의 책『조선의 흙이 된 일본인 ― 아사카와 타쿠미의 생애』(1982년)를 읽고 단번에 무지에서 벗어날 수 있었다. 아사카와 타쿠미의 생애를 생생하게 그려낸 매우 뛰어난 평전이다. 이 책에 의하면 아사카와는 1891년 야마나시^{山梨}현 다카네쵸^{高根町}의 농업 겸 염색업을 하는 집안의 차남으로 태어나 류오^{竜王} 농림학교를 졸업했다. 어렸을 때부터 나무를 좋아했고, 청년 시절부터 독실한 크리스천이었다. 한일강제병합으로부터 4년 후인 1914년, 형의 뒤를 따라 조선으로 건너가 조선총독부 농상공부 산림과에 취직을 했고, 그 후 임업시험장의 직원이 되었다. 이곳에서 그는 조선 녹화사업에 종사했는데, 주로 양묘·수목에 관한 일을 하며 농림 기수로서 한반도를 구석구석 답사했다. 그는 즉시 한글을 배우기 시작했고, 전국을 다니면서 서민들이 매일 사용하는 일상 잡기^{雜器}의 아름다움에 점차 매료되어 가마터를 조사하고 도자기, 상, 선반, 장롱 류 등에 대한 과학적이고 명석한 연구를 남겼다. 야나기 무네요시가

"아사카와 타쿠미가 없었다면 조선에 관한 나의 연구는 그 절반도 이루어내지 못했을 것이다"라는 말을 남길 정도였다.

스물세 살에 건너가 마흔한 살에 생을 마칠 때까지 17년간 조선인처럼 바지저고리를 즐겨 입었으며 당나귀를 타고 다녀 당시 일본인들도 "저 조선인은 꽤나 국어(일본어)를 잘 하는군"하며 혼동할 정도였다고 한다. "여보 비켜!" 라고 일본인이 호통을 치면 그는 조용히 비켜섰다. 차별 당하는 입장이 되어보면서 한층 확실히 눈에 보이는 것이 있었을 것이다. 그런 그의 모습이 조금도 새삼스럽지 않고 자연스러웠으며, 거부감을 느끼게 하지 않았을 뿐 아니라 그에게 매우 잘 어울렸다고 한다. 미술 공예품도 물건으로서만 보지 않고, 그것을 만들어 낸 사람들까지 더없이 사랑했다. 소나무나 포플러 나무를 바라보듯, 바르고 편견 없는 시선으로 인간을 볼 수 있는 사람이었던 것 같다. 그런 시선으로라면 그 누구도 사랑하지 않을 수 없었으리라. 언어가 가능했던 것도 편견 없이 사람을 대할 수 있게 한 요인 중 하나였을 것이다.

새빨간 고추를 돗자리 가득 말리고 있는 농가 마당이나 산골, 고갯길 등지에서 사람들과 자유자재로 이야기하며 귀를 기울이는 아사카와 타쿠미의 시골 선생님 같은 모습이 눈에 선하다. 학력도 높지 않고, 월급이 그다지 많은 것도 아니었는데도 어려운 사람들을 도왔고 많은 아이들에게 학비를 보태 주기도 했다고 한다. 1931년 4월, 그가 급성폐렴으로 갑자기 세상을 떠나자 장례비도 마련하기 어려운 처지였음에도 불구하고 조선 사람들이 몰려와 목 놓아 통곡하며 그의 장례를 도왔다. 그를 향한 조선 사람들의 열정은 유례가 없는 것이었다. 생전의 유언대로 그의 장례는 조선식으로 치러졌고 그 나라 땅에 잠들었다.

아사카와가 남긴 저서 『조선도자명고^{朝鮮陶磁名考}』의 세밀한 삽화 옆에는 먹물로 '항아리' 등의 한글이 적혀 있다. 한국어를 배우고 있는 나에게 아사카와는 대선배라는 생각이 들었고, 이 책에 자극을 받아

다음에 서울에 가면 아사카와의 묘소에 꼭 한번 가서 성묘하고 싶다는 생각을 하였다.

1984년 가을에 그 소원이 이루어졌다. 서울의 동쪽에 위치한 청량리 임업시험장을 방문하면 묘소의 위치를 알 수 있을 것으로 생각하고 친구와 둘이서 '산림청', '임업시험장'이라는 두 개의 간판이 걸린 문을 통과해 들어갔다. 널찍한 길이 곧게 이어지고, 그 옆으로는 높이 솟은 가로수가 늘어서 있었다. 모든 나무에는 한글로 이름을 적은 목찰이 걸려 있었다. 도토리가 널려 있고 다람쥐가 뛰어다니며 수목 특유의 향기가 주위에 그윽해 그야말로 별세계였다. 서울의 거리는 올림픽을 앞두고 공사 중인 곳이 많기도 해서 너무 시끄럽고, 버스와 택시도 폭주에 가깝게 달려 무서울 정도였지만 산림청의 분위기는 그 이름 그대로 별세계와 같이 고요하고 평온했다. 나무의 숨결이란 이 얼마나 향기로운가. 몇 개의 건물을 지나 막연히 '이쯤에서 물어볼까?'하고 있는데 때마침 건물에서 청년 직원이 나왔다. 한국어로 떠듬떠듬 "아사카와 타쿠미라는 일본인의 묘소에 성묘하고 싶은데 묘소가 어디쯤 있을까요?"하고 물었더니 '아사카와'라는 이름에 곧바로 반응을 보이며 건물 안으로 안내해 주었다.

"여기 앉으세요."

연구실로 보이는 그 방에 있던 직원들도 매우 공손하고 예의 발랐다. "여기서 잠깐 기다려주세요"라고 하기에 의자에 앉아 기다렸다가 얼마 후 다른 방으로 안내되었다. 근사한 방에 중년의 신사가 앉아 있었다. 청년 직원이 매우 공손하게 행동하는 것으로 보아 지위가 매우 높은 사람인 것 같았다. 건네 받은 명함을 보니 육림 부장으로 '오'라는 성을 가진 사람이었다. 편안한 어조로 방문 이유를 묻기에 대답을 하니 "아사카와 타쿠미 선생님의 묘소는 망우리에 있는데 여기에서 상당히 멉니다. 그러니 차로 안내해 드리겠습니다"라고 한다. 너무 미안한 마음에 장소만 알려주면 택시로 가겠다고 했더니 "찾기 어려울 테니 그러지 마시고 잠깐 기다려 주십시오"라고 하는 것이었다. 관공서의 일이다 보니 차 한 대 준비하는 것도 여기저기 도장을 찍는 과정이 필요했는지 차가 오는 데까지 40분 정도가 걸렸다.

기다리는 동안 오 부장은 "저는 아사카와 타쿠미 선생님을 직접 아는 세대가 아닙니다. 대신 예전에 아사카와 선생님의 동료였던 영감님을 소개해 드리겠습니다"라고 했다. 영감이란 지위가 높은 관리 정도의 의미로, 나이 든 사람을 일컫는 존칭이기도 하다. 다른 건물에서 와주신 김이만 씨는 여든네 살이라고 하는데, 기력이 정정한 대장부의 모습이었다. 아직 고문으로 이곳에서 근무하는 모양이었다. 그는 반가운 듯 아사카와 타쿠미에 대한 이야기를 들려주었다.

"일제 시대, 그 당시에 인간에 대한 차별이라고는 모르는 사람이었지"

차별, 차별, 차별……. 이 말이 귓전에 맴돌았다.

장례를 치르는 날에는 비가 왔는데, 흰 한복에 로이드 안경을 끼고 머리에 모자를 쓴 그의 시신을 넣은 관을 수많은 한국인들이 메고, 여기저기에서 몰려든 사람들과 함께 애도의 노래를 부르며 한 시간이나 걸려서 공도묘지가 있는 이문리 언덕으로 옮겼다고 한다. 토장^{土葬}이었다. 하나에서 열까지 한국식이었는데, 도쿄에서 달려온 야나기 무네요시도 후에 이 사실을 알고 놀랐을 정도였다.

약 십 년 후, 이문리의 묘지가 구획 정리되면서 아사카와의 묘도 우리가 지금 향하고 있는 망우리로 이장되었다. 이야기를 듣고 있자니 이런 기억들이 거의 50년 전의 일이라는 사실에 새삼 어안이 벙벙해졌다. 마치 10여 년 전의 일을 이야기해 주는 것처럼 느껴졌기 때문이다. 한 인간의 인격이 이토록 오래도록 영향을 미칠 수 있는 것인가 하는 생각이 들었다.

나의 서툰 한국어는 대화 중에 자주 꼬이고 만다. '가다'와 '오다'가 아직까지 뒤죽박죽이다. 여든네 살의 김이만 씨는 온화한 미소로 나의 잘못을 고쳐주었다. 친할아버지가 고쳐 주시는 것 같아서 너무나 좋았다. 김이만 씨는 일본어도 분명 잘 하실 텐데 일절 쓰지 않았다.

육림 부장 오 씨도 임업과 관련된 흥미로운 이야기를 몇 가지 들려주었다. 한국의 식림사업은 이제 끝났다는 것, 일본처럼 습하지 않기 때문에 삼나무가 자라지 않는다는 것 등. 그리고 그는 이렇게 덧붙였다. "1945년에 일본이 항복한 후, 일제 강점기에 맺힌 원한으로 일본인의 묘를 발로 차서 무너뜨리고 파헤치겠다는 과격한 심정을 가진 사람들이 많았지만 아사카와 타쿠미 선생님 묘소만큼은 달랐습니다. 모두가 함께 지키며 모셔왔습니다."

드디어 차가 도착했고 임업시험장의 청년 두 명이 묘소까지 운전해주었다. "이런 차 밖에 없어서……." 묘목 등을 운반하는 차 같았는데 우리로선 그저 황송할 뿐이었다. 일본 여자 둘이 명함도 없이 불쑥 찾아간 것이었는데, 게다가 내가 이따금 글을 쓰는 사람이라는 사실을 전혀 말하지 않았는데도 이렇게 친절히 대해 줄 수 있는 것일까 하는 생각이 들었다. 이 역시 아사카와 타쿠미에 대한 추모의 정을 반영한 것이라 생각하며 감사히 받아들일 수밖에 없었다. '좀 더 자세히 찾아보고 왔더라면 이런 폐를 끼치지 않아도 됐을 텐데……' 하고 후회했지만 때는 이미 늦었다. 모든 것이 자연스럽게, 당연한 일인 양 진행되었고, 우리는 30분 정도 더 달려서 망우리 산기슭에 도착했다.

슬픔과 근심을 잊는 마을 ― 망우리. 한 번 들으면 잊히지 않는 지명이다. 공동묘지는 약간 높은 산 위에 있었다. 지리적으로 보면 북쪽을 등지고, 서울 시가를 끌어안는 왼팔 구실을 하고 있는 산이었다. 산을 나선형으로 올라가자 무덤으로 가득했다. 묘비가 세워져 있는 것도 있고 없는 것도 있는데 모두 같은 형태의 흙으로 아기자기하게 쌓아올려져 있었다. 무엇을 표식으로 유가족들이 올라오는지, 안내판도 없고 사무실 같은 것도 보이지 않았다.

시골길을 버스로 달리다 보면 마을 뒤쪽, 야트막한 산이나 언덕 경사면에 흙으로 쌓은 무덤 몇 개가 보이곤 한다. 조상님들은 자손의 일상을 매일 지켜보며 살고 있는 듯하고, 자손들은 조상님이 지켜주는 가운데 편안하고 따뜻하게 살아가고 있는 것처럼 보인다. 그런 풍경을 여러 번 보았다. 한국 사람들이 조상을 정성껏 섬긴다는 것은 널리 알려져 있다. 묘지의 상태나 방위 등에 대해서 까다로운 관습이 많은 모양인데도 묘지 장소가 점점 부족해져 망우리 같은 곳이 필요해졌는지도 모른다.

정상 가까이에 약수가 솟는 곳이 있고, 그 옆에 큰 소나무가 서너 그루 서 있어 아사카와 타쿠미의 묘가 있는 곳이라는 표식이 되어 주었다. 그러고 보니 이곳은 하루를 걸려도 우리 두 사람의 힘으로는 찾아내지 못했을 것이다. 차를 내려 경사면을 올라가니 '아사카와 타쿠미 공덕지비浅川巧功徳之碑'라고 쓴 항아리 모양의 비석이 눈에 들어온다.

한국을 좋아하고, 한국인을 사랑하고
한국의 산과 민예에
바친 일본인
여기 한국의
흙이 되다

한가운데 있는 한글 비명에는 이런 내용이 적혀 있었다. 조금 전에 만나 뵌 김이만 씨의 발안으로 임업시험장 일동이 모금 운동을 해 건립한 거라고 하니, 이 간결하고 멋스러운 비명도 당연히 한국 사람들의 손에 의해 작성된 것이리라.

눈 아래로 한강이 구불구불 한가로이 흐르는 탁 트인 풍경. 여기에 아사카와 타쿠미는 혼자 잠들어 있다. 부인도 따님도 이미 이 세상 사람이 아니지만 유족의 묘소는 도쿄에 있다. 가족이 잠든 곳이 뿔뿔이 흩어지고 만 것이다. 그렇지만 그의 영혼은 쉽사리 빠져나와 현해탄을 건너 유유히 일본에도 놀러 가리라. 그리고 사키코咲子 부인도, 따님인 소노에園絵 씨도 까다로운 여권이나 비자 없이 망우리에 자주 놀러올 것이다. 화창한 봄날이란 오늘 같은 날을 두고 하는 말이 아닌가 싶을 정도로 따사로운 늦가을의 햇살, 잔디 내음, 그리고 레이스 같은 구름이 하나둘 천천히 흘러가는 맑은 하늘을 보고 있자니 그런 생각이 들었다.

사키코 부인과 소노에 씨는 전쟁이 끝나고 일본으로 돌아간 후 야나기 무네요시의 소개로 고마바^{駒場}에 있는 민예관^{民芸館}에 취직을 하여 세상을 떠날 때까지 그곳에서 근무했다. 지인 미즈오 히로시^{水尾比呂志}의 소개로 소노에 씨와는 만나면 인사를 하는 정도의 사이였는데, 언제나 고상한 기모노를 입은 모습이 청초하고 아름다웠다. "아아, 그분이라면……"하고 누구인지 짐작할 수 있는 사람도 많을 것이다. 소노에 씨가 아사카와 타쿠미의 따님일 줄이야……. 좀 더 일찍 알았더라면 직접 이야기도 들을 수 있었을 텐데 하는 생각이 들어 아쉬운 마음을 금할 길 없었다. 평생 독신으로 지내며 야나기 무네요시의 조수 일을 하다가 육십 세에 돌아가셨다. 야나기 무네요시를 기리는 글을 많이 남겼지만 아버지 아사카와 타쿠미에 관한 글은 하나도 남기지 않았다고 한다. 아버지를 잘 아는 딸이었는지도 모른다. 어떤 일이든 겉으로 드러내는 것을 좋아하지 않았던 일가였다는 생각이 든다.

아사카와 타쿠미는 일본의 황민화^{皇民化} 정책이 격렬해지기 전인 1931년에 세상을 떠났다. 만약 건재했더라면 어떤 삶을 살았을까? 시기를 거슬러 올라가 1919년 3월 1일의 독립운동을 어떻게 보았을까? 산림 관련 일 하나만 보더라도 결국은 식민지 수탈에 앞장섰던 조선 총독부에 속해 있던 일개 관리에 지나지 않았다는 평가도 있을 수 있겠다. 그렇지만 명석한 논문이나 탄핵문을 발표하는 것, 정치 활동을 하는 것만이 전부는 아닐 것이다. 그때그때 현안을 규탄하는 운동에 참여하는 것 또한 전부는 아닐 것이다. 말을 삼가며 자기가 할 수 있는 범위 안에서 주위를 위해 헌신하다가 묵묵히 죽어 간 그의 삶에 나는 왠지 강하게 끌린다.

아사카와 타쿠미의 이런 인간적인 매력을 이 나라 사람들은 놓치지 않았다. 비록 고인이 되었지만 몇 안 되는 일본인 친구로 그를 선택한 것이다. 이 나라 사람들의 무서울 정도로 예리한 안목을 느끼지 않을 수 없다. 더구나 아사카와 타쿠미의 인품을 따르기라도 하듯, 산림청 내에서만 조용히 그의 덕을 기리고 있는 듯한 느낌이 들어 더 더욱 마음에 들었다. 오늘 만난 산림청 직원들은, 연세 드신 분에 이르기까지 모두 뭐라 형용하기 힘든 부드러운 선량함을 가지고 있었다. 매일같이 식물을 상대로 하고 있으면 이런 순수함, 겸허함이 공통적으로 생기는 걸까?

차는 또다시 우리를 태우고 산림청으로 돌아왔다. 운전을 해준 두 청년에게 깊은 감사를 전하고 문을 나서려 하는데 갑자기 소나기가 내렸다. 본관까지 되돌아가 비가 그치기를 기다렸다. 조금 전까지의 날씨와는 거짓말처럼 달라진 하늘. 우연지도 모르지만 성묘를 하고 나오면 소나기가 내리는 경우가 종종 있는데, 그럴 때는 고인이 된 사람과 감정이 한 순간 통했다는 증거같이 생각되곤 하였다. 어쩌면 아사카와 타쿠미 씨도 기뻐해 주었는지도 모른다.

엄청난 비가 10분 정도 내리더니 곧바로 활짝 개었다. 비를 피하는 동안 화장실에 들렀는데 쪼그리고 앉으면 바로 눈앞에 보이는 벽면에 손으로 쓴 시 한 편이 붙어 있었다. 제목은 '숲'이었다. 노안경으로 바꿔 쓰고 읽는 수고를 들이지 않았기 때문에 내용은 알 수 없었다. 옆 칸에 들어간 친구가 본 건 '꽃'이었다고 한다. 작가 이름은 없었으니 어쩌면 이곳 여직원의 작품이었는지도 모른다. 아무튼 하나부터 열까지 모두 것이 그윽하고 고상한 가을의 어느 하루였다.

'구름의 연기' 또는 인연 앞에서

강은교/시인

나는 가끔 삐걱대는, 다락으로 올라가는 계단에 앉아, 또는 저녁나절, 대숲 자기 자리로 돌아오는 새들을 바라보며, 조금 전에 스마트폰 속에서 울린 목소리에 대해서, 가로등불들이 꽃밭의 꽃들처럼 모여 앉은 고속도로를 바라보면서, ……등등등등 인연이란 무엇일까를 생각한다. 생각지도 않은 순간에 나의 어깨를 툭 치고 지나가는 그것. 이 계단과 나의 인연에 대해서, 그동안 만난 무수한 발자국들과의 인연에 대해서. 그러다 그 사람은 과연 누구였을까를 생각한다. 긴 생각 속에서도 좀처럼 잡혀지지 않는, 두꺼운 안개의 등에 부딪혔을 때처럼 사라지고 마는 그. 그는 늘 어느 날인가의 짙은 구름 사이로 슬며시 사라져 버린다.

이바라기 노리코도 나에게 그런 사람이다. 어떤 인연이 있어 우리는 여기 이 페이지에 모였을까. 이바라기 노리코 시인, 나, 역자인 성혜경 교수, 또 이 시집을 읽는 눈썹이 짙은 당신……. 인연이란 노리코의 시 「역」에서처럼 '구름의 연기—운연雲烟'인가.

아침마다
시부야 역을 지나

다마치행 버스를 탄다
기타사토 연구소 부속병원
거기가 당신의 일터였다
거의 육천오백 일을
하루에 두 번씩
거의 만삼천 번을
시부야 역 통로를 힘껏 밟으며

많은 사람에게
밟히고
밟혀서
모든 계단과 통로가
조금은 휘어져 있는 듯한
이 안에 당신의 발자국도 있겠지
눈에는 보이지 않는 그 발자국을
느끼며
그리워하며
이 역을 지날 때

산봉우리 사이사이로
스며나오는 안개처럼
내 가슴의 갈비뼈 언저리에서
한숨처럼 솟아나오는
슬픔의 운연雲烟

—「역」 전문

위의 시는 노리코의 시집 『세월』에 있는 시로서 이 세상에 이제는 없는 남편을 그리며 쓴 시이다. 이 시의 끝 시어로서, 노리코는 "운연雲烟"이라는 시인만의 독특한 표현을 쓰고 있다. 아름다운 말이다. 그런데 그것은 한 남자와의 인연만을 노래하는 말이 아니라 이 세상에 있는 모든 인연들의 후광같은 말이 아닐까. 우리의 가슴을 서로에게 스미게 하는 '구름의 연기'. 이바라기 노리코는 "슬픔의 운연"이라고 썼지만, 슬픔이란 기쁨의 또 다른 말이니 그것은 우리를 만나게 하는 '기쁨의 운연'이기도 할 것이다.

  젊었던 시절 어느 날 나는 아주 단정한 봉투 하나를 받았다. 열어보니, 수표와 편지가 한 장 곱게 들어 있었다. 그것이 얼마짜리 수표였는지는 지금 생각나지 않지만 나는 무척 감동하였고, 책장 가장 좋은 자리에 노리코 번역의 『한국현대시선』을 꽂았던 기억이 난다. 이바라기 노리코 번역의 한국 현대 시선에 내 시 네 편, 「숲」, 「눈」, 「진달래」, 「겨자씨의 노래」가 수록되었기 때문이다. 수표는 그 재수록 고료로 온 것이었다.
  이 시선으로 인해 얻은 또 하나의 인연은 가수 하찌 씨이다. 그로부터 한참 뒤인 어느 날, 나는 전화 한 통을 받았다. 약간 한국인의 어투와는 다른 어투로 그는 하찌라고 자기 소개를 하였고, 이야기를 들은 결과, 이바라기 노리코 시인이 번역한 나의 시 「진달래」를 작곡해서 일본에서 불러왔는데, 이번에 한국으로 건너와 앨범을 다시 한국어로 내게 되었다는 것이었다. 그래서 그 이바라기 노리코의 번역을 다시 한국어로 번역하였다는 것이었다. 나의 원시와는 사뭇 다른 것이 되어버린 그 노래. 그러다 그 「진달래」의 원작자가 살아 있는 것을 알게 되어 그는 수소문하여 전화했다는 것이었다. 나는 좀 난감했지만, "그대로 노래하세요."하고 말했다. 그러자 그는 "그러면, 앨범 재킷에 선생님을 뭐라고 소개하죠?"라며 물었고, 나는 "글쎄요…… '원작자'라고 하시면 좋겠군요."라 대답했다. 하긴 그것도 좀 어색하긴 하지만……. 그 뒤에 하찌 씨는 나에게 감사의 뜻으로 한국음반협회에

등록하여 주었고, 자기의 CD들을 보내왔다.

노리코와 또 윤동주의 인연은 무엇이었을까. 그의 한 수필에서 그는 윤동주를 눈부신 청년이라고 부르며 윤동주의 시와의 만남을 얘기한다. 29세에 죽은 윤동주와 일본의 여성 시인 이바라기 노리코, 그들은 무슨 인연이 있어 시 속에서 서로의 세계를 만지며 짙은 만남을 성취하게 되었을까.

눈
그것은 렌즈

눈 깜박임
그것은 나의 셔터

머리카락으로 둘러싸인
작디작은 암실도 있는

…… 중략 ……
세계에 단 하나 그 누구도 모르는
오직 나만의 필름 라이브러리

　　　　　　　　　　　　　　　　　—「나의 카메라」 부분

인연에 대한 또 하나의 해석을 해본다.

인연이란 위의 노리코의 시구에서처럼 "오직 나만의 필름 라이브러리"일까. 우리는 인연이 나의 밖에서 생긴 것이라고 생각하지만 인연은 "오직 나만의 필름 라이브러리" 안에서 나의 목을 끌어안고 있는 목걸이 같은 것일 것이다. 눈부신, 간혹 쓰라리기도 한 목걸이. 흐린, 안개의 등 같은 구름의 연기의 목걸이, 그러나 그 목걸이는 우리를 끊임없이 연결시킬 것이다.

이 시집을 거듭 읽으면서 그런 인연에 대한 생각들을 '생각'한다. 이 시집과 서점에서 만나는 이, 또 하나의 인연으로 이루어진 목걸이의 눈부심일 것이기에.

그리고 이바라기 노리코의 시를 읽으면서 윤동주를 다시 생각한다. 이국 여인의 가슴에 시를 아로새긴 언제나 푸른 젊은이, 우리의 윤동주. 윤동주가 있어 우리 모두의 만남이 더 의미 있어지는 시의 '운연', 인연의 힘이여! 눈부시고 아름답기도 하여라.

한국과 한글과 시인 윤동주를 사랑한 일본의 여성 시인

　일본 문단을 대표하는 여성 시인 이바라기 노리코(茨木のり子, 1926~2006)는 「내가 가장 예뻤을 때」라는 시를 통해 전쟁으로 청춘을 빼앗긴 일본 여성의 상실감과 미래에 대한 희망을 노래했다. 이 시는 일본 현대시의 걸작으로 평가받으며 일본어뿐 아니라 다양한 언어로 번역되어 읽히고 있다. 「꽃들은 모두 어디로 갔나」, 「우리 승리하리라」로 우리에게도 친숙한 세계적인 포크 송 라이터 피트 시거(Pete Seeger)는 이 시에 감명을 받고 「When I was Most Beautiful」이라는 곡을 만들어 카네기 홀에서 연주하기도 했다.

　이바라기는 일본이 패전하고 12년이 흐른 1957년, 31세 때 이 시를 썼다. 여성이라면 누구나 자신이 가장 예뻤던 시절에 대한 향수, 지나간 시절에 대한 회한과 그리움, 안타까움이 있기 마련이다. 여성의 자기주장이 쉽지 않았던 시절, 이바라기는 당당하게 '내가 가장 예뻤을 때'를 힘주어 말하며 자신의 감정을 솔직하게 토로했다. 이 시구는 시대와 국적을 불문하고 많은 여성에게 기억의 저편에 묻어둔 시간을 환기시키는 힘과 호소력을 지니고 있다. 소설가 공선옥은 자전적 장편소설의 제목을 '내가 가장 예뻤을 때'라 지었고, 문정희 시인도 동명의 시를 썼다. 이처럼 한국에서 이바라기는 「내가 가장 예뻤을 때」의 시인으로 주로 알려져 있는데, 이바라기는 일본의 현대 시인 중에서 그 누구보다도 한국과 특별한 인연을 가진 시인이기도 했다.

　이바라기는 오십의 나이에 한국어를 배우기 시작했다. 그리고 만년에 이르기까지 한국에 대해 남다른 관심과 애정을 보였다. 일본 아사히朝日 신문에 연재한 글을 모은 수필집 『한글로의 여행』(1986)은 이바라기가 한국어를 배우면서 느낀 한글의 매력, 한국인과 한국 문화에 대한 자신의 생각, 한일 간의 언어 비교 등 다양한 내용을 담고 있다. 여기에 실린 글 중 윤동주의 시와 생애에 대해 쓴 산문 「윤동주」는 일본에서 잔잔한 반향을 불러일으켰고, 이 글에 감동한 한 편집자의 노력으로 일본 고등학교의 국어 교과서에 「바람과 별과 시」라는 제목으로 수록되기까지 하였다. 지금도 일본 각지에서 윤동주를 추모하는 모임이 열리고 있는데 그 연원을 거슬러 올라가면 이바라기의 이 감동적인 글을 만나게 된다.

이바라기의 한국에 대한 관심은 강은교, 김지하, 홍윤숙, 조병화, 신경림 등 한국 현대 시인의 작품을 번역하고 소개한 『한국현대시선』(1990)의 출간으로 이어졌고, 이 번역 시집으로 '요미우리読売 문학상'을 수상하였다. 이바라기는 국가 권력 등의 권위에 영합하지 않겠다는 신념으로 그 어떤 문학상의 수상도 거부했는데 『한국현대시선』만큼은 예외였다. 이 시집이 요미우리 문학상 수상작으로 선정되자 이 상은 한국 시인들을 위한 상이라 여기며 기쁘게 수락하였다.

이바라기가 한국어를 배우게 된 직접적인 동기 중 하나는 남편과의 사별이었다. 이바라기는 49세에 남편을 잃고 지인에게 당시 남편의 뒤를 따라가고 싶은 심정이었다고 토로했을 만큼 큰 충격과 슬픔을 감내해야 했다. 이때 시작한 것이 한국어였고, 한국어 공부에 매진하면서 그 슬픔을 조금씩 극복해 갔다. 시 「이웃나라 말의 숲」에는 한국어를 배우면서 느낀 기쁨과 설렘, 당혹감과 즐거움이 생생하게 그려져 있다. 이바라기는 한국어를 배우기 전에도 한국과 관련한 시를 몇 편 썼다. 주로 고구려·백제 등 고대 한반도와 일본과의 교류에 관한 내용이거나 일본에서 재일한국인이 당하는 차별의 부조리함에 대해 쓴 시이다. 그러나 한국어를 배우며 직접 한국을 여행하고 한국 사람들과 교류하면서 시인의 시선은 일반 사람들의 마음속으로 한층 가깝게 다가갔다. 「총독부에 다녀오마」, 「그 사람이 사는 나라」 등의 시가 이를 잘 보여준다. 한국에 관한 시가 아니더라도 그의 시 곳곳에서 '아리랑, 판소리, 막걸리, 철썩철썩' 등의 한국어 표현이 등장하여 시인의 한국에 대한 각별한 애정을 느끼게 한다.

이바라기가 생전에 출간한 마지막 시집은 『기대지 않고』이다. 이 시집은 시집으로서는 이례적으로 15만 부가 팔리면서 베스트셀러가 되었다. 이바라기는 일본의 국어 교과서에도 실린 대표작 「유월」, 「내가 가장 예뻤을 때」 등으로 이미 널리 알려진 시인이었지만, 이 시집이 발간되면서 '기대지 않고'의 시인이라는 새로운 수식어가 추가되었다. 이 시집이 일본인에게 큰 반향을 불러일으키며 팔려 나가자 이바라기는 '시'라는 것이 본래 그렇게 팔리는 것이 아니라며 무척 곤혹스러워했다. 그러나 시집 『기대지 않고』는 당시 우경화로 치닫는 일본 사회에 대한 우려와 반성 속에서 국가와 시류에 농락당한 뼈아픈 과거를 기억하는 일본인에게 많은 공감과 지지를 받았다. 이바라기의 흔들리지 않는 신념과 용기에 대한 존경과 이를 응원하고자 하는 일본인들의 마음이 이 책을 베스트셀러의 반열에 올리는 데 큰 역할을 했다고 생각한다.

이바라기는 남편과 사별한 후 30여 년을 홀로 살며 남편에 대한 사랑과 그리움을 일련의 사부곡思夫曲에 담아 고이 간직하였다. 이 시들은 생전에 공표되지 않았고, 사후 일 년이 지나 『세월』이라는 제목의 유고 시집으로 출간되며 발표되었다. 이 시집에 실린 39편의 시에는 시인의 남편에 대한 사랑, 절절한 그리움과 사모의 정이 진솔하게 그려져 있다. 죽음과 삶의 경계조차도 갈라놓지 못한 시인의 남편에 대한 한결같은 사랑의 마음이 이 시들에 오롯이 녹아 있다. 사별의 슬픔을 가슴속에 묻은 채 망부와 해후할 날을 고대하며 이승에서의 삶을 마지막 순간까지 있는 힘껏 살아간 시인의 모습은 읽는 이들을 숙연하게 한다. 본 시선집의 '4부. 연가'는 유고집에 실린 시로 구성되어 있다.

이바라기는 남편과 사별하고 자신 역시 병마에 시달리면서 순탄하지만은 않은 만년을 보냈다. 그렇지만 주변 사람들에게 의지하지 않고 자신의 삶을 스스로 책임지는 모습을 일관되게 보여주었다. 그리고 죽음을 대비하여 작별의 편지도 정성껏 손수 준비해 두었다. 슬하에 자식이 없었던 이바라기는 남편과의 추억이 서린 집에서 2006년 홀로 죽음을 맞이했다. 갑작스러운 출혈로 인한 죽음이었다. 이바라기가 세상을 떠나고 얼마 지나지 않아 지인들에게 이바라기가 활짝 웃고 있는 사진이 담긴 편지가 전달되었다.

이번에 저는 0000년 0월 0일, 00000으로 이 세상과 작별을 고하게 되었습니다. 이 글은 생전에 적어둔 것입니다. 제 뜻에 따라 장례식이나 영결식 등은 하지 않기로 하였습니다. 이 집도 당분간 주인 없는 집이 될 것이니 조의금이나 조화 등 그 어떤 것도 보내지 말아 주시길 부탁드립니다. 다시 되돌려 보내는 무례를 범해야만 할 테니까요. "그 사람도 이제 떠났구나." 하고 한순간, 그저 한순간 기억해 주시기만 하면 그것으로 충분합니다. 오랜 세월에 걸쳐 당신과 나누었던 따뜻한 교류의 시간은 보이지 않는 보석과 같이 가슴 깊이 간직되어 빛을 발하며, 제 인생을 얼마나 풍성하게 해주었는지 모릅니다……. 깊은 감사의 말씀을 드리며 이별의 인사를 대신하려고 합니다. 감사합니다.

이바라기의 조카 부부가 이바라기가 빈칸으로 남겨 둔 사망 날짜(2006년 2월 17일)와 사망 원인(지주막하 출혈) 부분을 채워 이바라기와 평소 친분이 있었던 지인 250여 명에게 이 편지를 보낸 것이다. '기대지 않고'의 시인다운 마지막이었다.

*

이바라기는 1926년에 오사카에서 태어나 1943년에 제국여자약학전문학교(현 도호東邦대학 약학부)를 졸업한 후 희곡과 동화 등을 투고하며 작가로서 첫발을 내딛었다. 시를 쓰기 시작한 것은 결혼 후 잡지 『시학』에 시를 투고하면서부터였다. 이바라기는 희곡을 쓰면서 언어와 시적인 대사에 관심을 가지게 되었고 자연히 시에 눈을 돌리게 되었다. 이후 동인지 『가이櫂』의 창간 멤버로 활약하는 등 본격적인 시인의 길을 걷게 되었다. 「네부카와의 바다」(1953), 「대화」(1954), 「한 번 본 것」(1955), 「유월」(1956), 「보이지 않는 배달부」(1957) 등 주옥같은 작품들을 발표하면서 시인으로서의 입지를 굳혀 나갔다.

첫 시집 『대화』(1955)를 시작으로 『보이지 않는 배달부』(1958), 『진혼가』(1965), 『인명시집』(1971), 『자신의 감수성 정도는』(1977), 『촌지』(1982), 『식탁에 커피향 흐르고』(1992), 『기대지 않고』(1999)에 이르기까지 이바라기는 총 8권의 시집을 냈다. 이바라기의 시에는 사회와 논단에 대한 날카로운 비평정신과 폭넓은 사회의식이 자리하고 있다. 이바라기는 국민을 노예로 만드는 국가 권력과 선동을 일관되게 비판하면서 사회에 경종을 울리는 작품을 발표했다. 특히 「사해파정」(1975)에서는 전쟁의 책임을 묻는 기자의 질문에 기상천외한 말로 대답을 얼버무린 일왕 히로히토와 이를 묵인하는 군중에 대한 분노와 조소를 거침없이 표현했다. 일왕을 비판하는 것이 금기시되는 일본 사회에서 이 시는 매우 이례적일 뿐 아니라 일본 시가문학의 역사상 그 유례를 찾기 어려운 독보적인 작품으로 평가받고 있다. 이 책의 '2부. 사해파정'에 수록된 시들을 통해 전쟁을 경험한 세대였던 이바라기가 표현하는 강하고도 솔직한 자기주장과 굽히지 않는 소신을 만날 수 있을 것이다.

이바라기의 본명은 미우라 노리코三浦のり子이다. 시인으로 활동하기 시작하면서 이바라기茨木라는 필명을 쓰게 되었는데, 이 이름은 일본의 전통극의 하나인 가부키歌舞伎의 나가우타長唄에서 따온 것이다. 이바라기는 이 작품에 등장하는 한쪽 팔이 잘린 요괴의 이름이다. 사람의 모습으로 변신한 이바라기는 자신의 팔을 가져간 상대의 집을 찾아간다. 그리고 그곳에서 자신의 팔을 보자마자 요괴의 모습으로 다시 돌아가 상대에게서 그 팔을 빼앗고는 크게 웃으면서 허공으로 날아

올라가 사라져 버린다. 자신에게 소중한 것을 기필코 되찾고야 말겠다는 이바라기의 강한 의지가 이 필명에 담겨 있음을 알 수 있다. 「내가 가장 예뻤을 때」에서 보았듯이 국가나 시류에 휘말렸던 자기 자신에 대한 뼈아픈 회한이 이바라기 시의 출발점이다. 건전한 사회의식과 함께 동시대 여성들의 슬픔과 분노를 따뜻하게 어루만지고 희망을 전하는 이바라기의 시는 많은 일본인의 공감을 불러일으켰다.

이바라기의 시에는 여성의 목소리를 담은 작품들이 많다. 한 평론가는 이바라기를 자신이 여성이라는 사실을 발상의 핵으로 삼아 거기에서부터 시를 쓴 대표적 전후戰後 여성 시인이라고 평했다. 이바라기 시의 참신함과 독자성은 여성 시인으로서 입지를 관철하면서도 종래의 '여성성'에 안주하거나 그 틀에 사로잡히는 일 없이 오히려 이를 과감하게 깨며 새로운 지평을 열어간 점에 있다. '1부. 여자의 말'에 수록된 작품 중에는 가부장적 잔재가 여전히 강하게 남아 있는 일본에서 여성이라면 누구나 느끼게 되는 부조리한 현실과 중압감, 그리고 이에 저항하기도 하고 끌어안기도 하는 여성으로서의 몸부림, 섬세한 날갯짓, 그리고 자기 성찰을 생생하게 전하는 시들이 많아 큰 울림을 준다.

이바라기는 시의 본령인 언어에 대해서도 남다른 철학과 지론을 가졌던 시인이다. '5부. 시슈詩集와 시슈刺繡'에는 나날이 거칠어지고 품격을 잃어가는 일본어에 대한 우려와 안타까움을 담은 시들, 시인에게 큰 울림을 준 시들, 시인의 역할에 대한 사유 등이 담긴 시들이 소개되어 있다. 시 「두 명의 미장이」에서 알 수 있듯이 이바라기는 누구나 읽고 이해할 수 있는 시를 쓰려고 노력하였고, 사람들과의 직접적인 소통을 갈망하였다. "좋은 시란 사람의 마음을 활짝 열게 하는 힘을 가지고 있을 뿐 아니라, 생명이 있는 모든 것을 사랑하고 애처롭게 여기는 감정 또한 끌어내 준다."라는 문장으로 시작되는 이바라기의 시론집 『시의 마음을 읽다』(1979)는 시 입문서로 지금도 꾸준히 읽히고 있는 명저이다. 『한국현대시선』의 후기에서 이바라기는 한국시를 번역한 소감을 다음과 같이 쓰고 있다.

……좋은 시는 그 언어를 사용하며 살아가고 있는 민족의 감정과 이성의 가장 양질良質인 부분의 결정체이자 핵이라는 사실을 새삼 생각하게 된다. 마음 깊은 곳에서 고요히 살아 숨 쉬는 천연 진주와도 같은 것. 지금까지 그것의 소재所在를 모르고 있었다니 이런 아까운 일이 있을까 싶은 생각이 든다.

이처럼 이바라기의 시와 글에는 솔직하고 섬세한 언어 감각과 사물의 본질을 꿰뚫어 보는 예리한 시선이 녹아 있다. 관념을 배제한 평이하면서도 섬세한 시어는 '아름다운 말'에 천착해 온 시인의 부단한 노력으로 얻은 언어의 결정체이다. 이바라기의 시에서는 애매한 부분을 찾아보기 힘들며 일상생활을 소재로 한 많은 작품들은 개인의 삶을 뛰어넘어 보편을 지향하고 있다. 차별받고 박해당하는 인간의 아픔을 보듬고 인간성 회복을 염원하며 국가나 민족의 족쇄에서 해방된 개인과 대화하며 소통을 갈구하는 마음은 이바라기 시의 근간을 이룬다. '현대시의 장녀', '날카로운 비평 정신', '홀로 서는 지성' 등의 수식어에 걸맞게 시인 이바라기는 지성인으로서의 양심을 저버리는 일 없이 늘 깨어 있는 눈으로 현실을 바라보며 일본 사회에 경종을 울리는 것을 주저하지 않았다.

'6부. 류리엔렌의 이야기'는 강제 징용으로 일본의 탄광에 끌려가 혹독한 노동을 견디다 못해 도망한 중국인 류리엔렌의 실화를 그린 장편 서사시이다. 탄광을 탈출해 도주한 류리엔렌은 전쟁이 끝난 줄도 모른 채 14년의 세월을 산속 동굴에서 숨어 보냈다. 이바라기는 그의 수기를 읽고 「류리엔렌의 이야기」를 썼다. 이 시에서 이바라기가 유일하게 새롭게 창작한 부분은 류리엔렌이 개울가에서 개척민 소년과 만나는 장면이다. 수기에는 류리엔렌이 마을에서 훔친 물건으로 연명하면서도 어린 아이의 이불만은 훔치지 않았다는 사실이 기록

되어 있다. 이를 단서로 이바라기는 그가 개울가에서 만난 꼬마 아이와 마치 조카와 삼촌처럼 함께 물장구를 치며 노는 장면을 만들어 넣었다. 이바라기는 강제 징용의 비참한 현실 속에서 단 한 순간만이라도 마음이 훈훈해지는 장면을 상상하게 하고 싶었던 것이다. 꼬마 아이는 곧 시인의 분신이다. 시간이 흘러 어른이 된 꼬마는 "어린 시절, 그때 나누지 못했던 대화 / 그 틈새를 / 지금 똑똑히 자신의 말로 메워보고 싶다고" 다짐한다. 대화와 소통에 대한 시인의 간절한 소망이 한 사람의 인생을 처참하게 짓밟아 버린 가해국 일본의 역사 속에서 한 가닥 희망의 빛을 발한다.

이바라기의 시는 「내가 가장 예뻤을 때」나 「오오토코를 위한 자장가」, 「어린 소녀가 생각한 것」, 「여자아이 행진곡」처럼 종종 노래로 만들어져 불리고 있다. 「류리엔렌의 이야기」는 김소운의 손녀인 싱어송라이터 사와 도모에澤知惠가 노래로 만들어 공연에 올려 화제가 되기도 하였다. 김소운은 일제강점기 한국의 시와 민요를 뛰어난 일본어로 번역해 내어 일본 시인들을 매료시킨 시인이자 수필가이다. 이바라기에게 지인들이 한국어를 왜 배우게 되었는지를 묻자 대답을 위해 기억을 더듬어 가다가 그 원점에 소녀 시절 접했던 김소운의 『조선민요선』(1941), 『조선시집』(1943)이 있었다는 것을 깨닫는다는 내용이 『한글로의 여행』에 나온다. 이제는 그의 손녀가 음악을 통해 이바라기의 강렬하고도 올곧고 아름다운 시 세계를 일본 사회에 알리고 있다. 문학과 예술이 이루어 내는 작은 기적 같은 일들을 앞으로 더 많이 보게 되기를 기대해 본다.

*

역자가 처음 이바라기 시인을 만난 것은 1991년의 일이었다. 『한국현대시선』의 출간을 누구보다도 기뻐하셨던 대학원의 하가 토오루芳賀徹 지도 교수님이 아시아에서 최초로 개최되는 세계비교문학학회 특별 프로그램의 하나로 한국의 원시와 일본어 번역 시를 낭송하는 기획을 제안하셨고, 원시 낭송을 맡는 행운이 역자에게 주어졌던 것이다. 그해 봄, 도쿄의 한 이탈리아 레스토랑에서 이바라기 선생님과 처음 만났다. 이바라기 선생님은 한국에 대한 애정 때문인지 당시 박사 과정을 마치고 일본의 대학에서 근무하고 있던 역자를 많이 아껴주셨고, 때로는 어머니이자 선생님처럼, 그리고 많은 경우 친구처럼 대해주셨다. 당시 시인의 건강이 좋지 않을 때가 많아 저녁에 전화로 많은 시간 이야기를 나누곤 했는데 그 일들이 이제는 그리운 추억으로 남았다. 시인은 부드러우면서도 위엄과 기품이 있었다. 예순을 훌쩍 넘긴 시인에게 「내가 가장 예뻤을 때」를 썼던 30대의 눈부신 아름다움은 사라지고 없었지만, 시의 말미에서 힘주어 말했던 '루오'의 그림처럼 넓고 깊은 내면의 아름다움이 넘쳐흘렀고, 그런 시인의 모습에 역자는 압도되고 매혹되었다.

이바라기 시를 언젠가 꼭 번역을 해서 한국에 알리고 싶다고 했을 때 기뻐해 주시던 선생님의 모습이 눈에 선하다. 그러나 한국에 돌아온 후 대학 일에 쫓기다 보니 약속을 지키지 못한 채 시간이 흐르고 말았다. 부고를 알리는 시인의 마지막 편지를 받았을 때의 충격은 지금도 잊을 수 없다. 그때부터 본격적으로 번역을 하기 시작하였고, 몇 편의 논문도 썼다. 그러나 시 번역이 완벽할 수 없고 만족하기도 어려운 일이다 보니 번역한 시들을 좀처럼 책으로 낼 엄두를 내지 못하고 있었다. 그런데 2년 전 뜻밖의 연락을 받았다. 춘천에서 발간하는 인문 잡지 『태백』의 편집장 박제영 시인이 이바라기 시를 소개하는 글을 연재하고 싶다며 연구실을 찾아와 주었고, 그의 제안으로 시선집 출판도 서서히 구체화되었다.

이바라기 선생님의 갑작스러운 죽음으로부터 10여 년이 지나 이렇게 부족하나마 한 권의 책을 세상에 내놓게 되었다. 처음에는 5, 60편 정도의 작은 시선집을 생각했는데 강제 징용 문제 등으로 최근 한일 관계가 악화 일로를 걷게 되면서 이바라기 시인의 존재를 한국에 알리는 일의 의미와 중요성을 절감하게 되었다. 중국인 강제 징용 문제를 다룬 「류리엔렌의 이야기」도 추가하기로 했다. 『한글로의 여행』에 수록된 수필 「윤동주」와 「망우리」는 내용도 감동적이지만 이바라기와 한국을 이해하는 데 더없이 좋은 자료라 생각되어 시선집에 수록하였다.

강은교 시인께서 발문을 써주시는 행운을 얻을 수 있어 너무도 기쁘고 감사하다. 이바라기의 『한국현대시선』에 수록된 첫 번째 시가 강은교 선생님의 「숲」이다. 도쿄의 세계비교문학대회장을 가득 메운 100여 명이 넘는 청중 앞에서 떨리고 설레는 마음으로 이 시를 낭독했던 날이 떠오른다. 이바라기 시인과의 만남은 역자를 시의 숲으로 이끌어 주었고, 시를 가까이 할 수 있는 삶이 얼마나 행복한가를 지금 새삼 되새기게 된다.

이 책이 나오기까지 많은 사람들의 도움이 있었다. 여기 일일이 다 열거하지 못하지만 한 사람 한 사람에게 진심으로 감사와 사랑의 마음을 전하고 싶다. 이바라기 시인은 지금 그의 남편 고향인 야마가타 山形의 한 산사에 고이 잠들어 있다. 아직까지 묘소를 찾아뵙지 못했는데 이제 이 책을 들고 찾아가 영전에 바치면서 늦었지만 오래전 선생님과의 약속을 지켰다고 보고드리고 싶다.

2019년 봄날

성혜경

시선집에 수록된 작품 출전

원시原詩의 텍스트는『茨木のり子全詩集』(花神社, 2010), 『茨木のり子集　言の 葉』全3巻(筑摩書房, 2002), 『おんなのことば』(童話屋, 2000)를 사용하였다. 2 편의 수필 텍스트는『ハングルへの旅』(朝日文庫, 1989)를 사용하였다. 시의 배 열은 주제별로 하였으며 각 시가 수록된 시집은 다음과 같다.

1.『대화』(1955)
「영혼」, 「네부카와의 바다」, 「대화」, 「모르는 것이」, 「더 강하게」, 「한 번 본 것」

2.『보이지 않는 배달부』(1958)
「보이지 않는 배달부」, 「반짝반짝 빛나는 다이아몬드와 같은 날」, 「살아 있 는 것·죽어 있는 것」, 「장 폴 사르트르에게」, 「유월」, 「내가 가장 예뻤을 때」, 「학교, 저 불가사의한 장소」, 「어린 소녀가 생각한 것」, 「바보 같은 노래」, 「고 마高麗 마을」, 「대학을 나온 사모님」, 「화낼 때와 용서할 때」, 「여자의 말」

3.『진혼가』(1965)
「여자아이 행진곡」, 「헤아리다」, 「바다를 가까이」, 「나의 카메라」, 「도미」, 「오오토코를 위한 자장가」, 「칠석」, 「류리엔렌의 이야기」

4.『인명시집』(1971)
「악수」, 「반복의 노래」, 「형제」, 「임금님의 귀」

5.『자신의 감수성 정도는』(1977)
「시슈詩集와 시슈刺繡」, 「자신의 감수성 정도는」, 「지천명知天命」, 「두 명의 미장 이」, 「얼굴」, 「계보」, 「나무 열매」, 「사해파정四海波靜」

6. 『촌지』(1982)

「다카마쓰高松 고분」, 「낙오자」, 「웃어 봐」, 「꽃 게릴라」, 「듣는 힘」, 「방문」, 「왁자지껄한 와중에」, 「이웃나라 말의 숲」

7. 『식탁에 커피향 흐르고』(1992)

「방」, 「발자국」, 「처녀들」, 「저 녀석」, 「감정의 말라깽이」, 「기억에 남는」, 「어떤 존재」, 「없었다」, 「총독부에 다녀오마」, 「피」, 「두 번 다시는」, 「벚꽃」, 「눈동자」, 「사행시」, 「물음」

8. 『기대지 않고』(1999)

「나무는 여행을 좋아해」, 「학」, 「그 사람이 사는 나라」, 「히나부리 노래」, 「시대에 뒤처진 사람」, 「기대지 않고」

9. 『세월』(2007)

「꿈」, 「점령」, 「샘」, 「역」, 「밤의 정원」, 「연가」, 「짐승 같은」, 「단 한 사람」, 「길모퉁이」, 「서둘러야 해요」, 「썰매」, 「옛 노래」, 「세월」

10. 시집 미수록 작품

「혼자일 때 생기발랄」, 「12월의 노래」, 「호수」, 「행방불명의 시간」

작가 연보

연보는 谷川俊太郎選 『茨木のり子詩集』(岩波文庫, 2014)을 참고로 작성하였음.

이바라기 노리코

1926년   오사카에서 의사인 아버지 미야자키 히로시(宮崎洪), 어머니 가즈(勝)
         의 장녀로 태어남.

1932년   아버지의 개업으로 아이치愛知현 니시오西尾로 이사.

1937년   소학교 5학년 때 중일전쟁 발발, 생모와 사별.

1941년   태평양전쟁 발발.

1943년   제국여자약학전문학교(현 도호東邦대학 약학부) 입학.

1945년   학도병으로 동원되어 도쿄의 해군 의약품 공장에서 일하던 중 패전
         방송을 들음. 이튿날 친구와 둘이서 도카이도東海道선을 무임승차하여
         고향 니시오로 돌아감.

1946년   요미우리讀売신문 희곡 제1회 모집에 응모한 희곡 「도오츠미오야타치
         とほつみおやたち」가 가작으로 당선됨.

1948년   동화 「조개 아이 푸치큐貝の子プチキュー」가 NHK 라디오에서 방송됨.

1949년   의사인 미우라 야스노부三浦安信와 결혼.

1950년   『시학』의 투고란에 「용감한 노래」를 투고. 이때 본명 미우라 노리코
         대신 이바라기茨木라는 필명을 처음으로 사용함.

1953년   가와사키 히로시川崎洋와 둘이서 동인 잡지 『가이櫂』를 창간. 후에 다니
         카와 슌타로谷川俊太郎, 요시노 히로시吉野弘, 오오카 마코토大岡信, 미즈오
         히로시水尾比呂志, 기시다 에리코岸田衿子 등이 참가.

1955년   첫 시집 『대화』 간행.

1958년   시집 『보이지 않는 배달부』 간행.

1965년   시집 『진혼가』 간행.

1968년   「내가 가장 예뻤을 때」(작곡: 피트 시거) CBS·소니 레코드.

1971년   시집 『인명시집』 간행.

1975년   남편 미우라 야스노부 간암으로 사망. 수필집 『말의 속삭임』 간행.

1976년   한국어 공부를 시작함.

1977년   시집 『자신의 감수성 정도는』 간행. 시론집 『시의 마음을 읽다』 간행.

1982년   시집 『촌지』 간행.

1989년   수필집 『한글로의 여행』 간행.

1990년   번역시집 『한국현대시선』 간행.

1991년   『한국현대시선』으로 요미우리 문학상 수상.

1992년   시집 『식탁에 커피향 흐르고』 간행. 영역 시집 『When I was at my most beautiful and other poems 1953-1982』(Peter Robinson · 호리카와 아야코堀川史子 공역 Skate Press, Cambridge) 간행.

1999년   시집 『기대지 않고』 간행.

2000년   대담집 『언어가 통할 때 비로소 친구가 될 수 있다』 간행.

2006년   지주막하 출혈로 자택에서 사망. 향년 79세.

2007년   유고시집 『세월』 간행. CD 「류리엔렌의 이야기」(노래: 사와 도모에).

이바라기 노리코 시선집
여자의 말

1판 1쇄 인쇄 2019년 4월 1일
1판 1쇄 발행 2019년 4월 10일

지은이 이바라기 노리코
옮긴이 성혜경
발행인 윤미소
발행처 (주)달아실출판사

책임편집 박제영
마케팅 배상휘

주소 강원도 춘천시 춘천로 17번길 37, 1층
전화 033-241-7661
팩스 033-241-7662
이메일 dalasilmoongo@naver.com
출판등록 2016년 12월 30일 제494호

ISBN 979-11-88710-33-1 (03810)

•이 도서의 국립중앙도서관 출판예정도서목록(CIP)은 서지정보유통지원시스템 홈페이지(http://
seoji.nl.go.kr)와 국가자료공동목록시스템(http://www.nl.go.kr/kolisnet)에서 이용하실 수 있
습니다.(CIP제어번호: CIP2019005942)
•잘못된 책은 구입한 곳에서 바꿔드립니다.
•책값은 뒤표지에 표시되어 있습니다.